イラストで見るマナー、
文化、レシピ、ちょっといい話まで

知っておきたい！
タイごはんの
常識

LA CUISINE THAÏE ILLUSTRÉE:
des recettes et des anecdotes pour tout savoir
sur la gastronomie thaïlandaise
Caroline Trieu & Kanchanok Inprung

カロリーヌ・トリユ [文]

カンチャノク・インプルン [絵]

河野彩 [訳]

カロリーヌ・トリユ

東南アジアにルーツを持ち、15年以上前からタイを第二の祖国だと考えている。親族の女性たちのもとでタイ料理を学び、現在はレンヌにある自身の料理教室で、タイ料理の伝統的な作法と味の調和を広めるために尽力している。Taste-of-mekong というブログで、レシピと料理の秘訣を紹介。

カンチャノク・インプルン

タイのイラストレーター。《Mew》という名前でも活動している。バンコクのインテリアデザイン業界で働いたのち、ペッチャブリーへ移住し、10年以上前からそこに自分のスタジオを所有している。ペッチャブリーは2021年にUNESCOの食文化創造都市の認定を受けた歴史ある街。インプルンもこの街の食文化的財産を広める多くのプロジェクトに参加している。

目 次

LA CUISINE THAÏE ILLUSTRÉE:
des recettes et des anecdotes pour tout savoir
sur la gastronomie thaïlandaise

Textes : Caroline Trieu
Illustrations : ©Kanchanok Inprung
© First published in French by Mango, Paris, France 2024
Japanese translation rights arranged
through Japan Uni Agency, Inc.

タイ料理

タイでは、人と最初に会ったとき、挨拶代わりに
「もう（お米を）食べた？」[ギン・カーオ・ルー・ヤン]と尋ねます。
相手に快適に過ごしてほしいという、もてなし好きなタイの人々の心をよく表している言葉です。
タイでおもてなしに欠かせないのが食事、特にお米です。
挨拶代わりの質問にノーと答えたら、もれなく食事に誘われます。
イエスと答えても、食卓で話していれば軽食をすすめられるでしょう。
食事をとても大切にするこの国では、
いつでも食事ができるようにおなかを準備しておきましょう。

タイの農業

タイは起伏に富み、地域によって気候が大きく異なる国。
国土の40%を占める農地では多くの農産物が作られ、輸出されています。
労働力人口の3分の1以上が従事している農業は、タイの重要な産業です。

農地

北部は森が多く、ほとんどが山地です。気候は涼しく、寒いといってもいいくらいです。ミャンマーやラオスと国境を接するタイ北部には、大昔から農業を営んできた民族が数多く住んでいます。彼らが育てているのは、多くの穀物と豆類（キビ、モロコシ、ピーナッツ、インゲン豆、トウモロコシ、米）とキャッサバやサトウキビです。

コラート台地に広がるメコン川流域の東北部は、降水量が少なく土壌のやせた地域です。一年の大半、気温が高く雨がほとんど降りません。この地域はタイの米倉と呼ばれ、国内生産量の60%を生み出しています。サトウキビ、キャッサバ、パラゴムノキの一大生産地でもあります。

中央部の平野は、土壌が豊かで、日照時間と降水量に恵まれた農業に適した地域。人口密度がもっとも高く、タイの重要な農業地帯です。おもに栽培されているのは、米とサ

「稲作はタイを支える柱」
タイの格言

トウキビですが、パームヤシやさまざまな作物のプランテーションもあります。

南部は海に突き出た半島で一年じゅう暖かく、湿度がとても高い熱帯気候の地域です。樹木作物（パラゴムノキ、ヤシ）のプランテーションが盛んです。

四大主要作物

タイでサトウキビの栽培が始まったのは14世紀。今日では、タイでもっとも生産量が多い作物です。そのうち80%が輸出されています。タイは世界第2位の砂糖の輸出国なのです！

タイ国内でも、食生活の変化にともなって、ここ30年で砂糖の消費量が爆発的に増加しました。近代化は、甘い飲み物と乳製品の消費量を大幅に増やします。料理に使う砂糖も、伝統的なパームシュガーから精製糖へと変わりました。これが、タイの人々の健康に深刻な問題をもたらしています。特に子どもたちは、年々糖尿病と肥満に悩まされるようになっています。

キャッサバは南アメリカ原産の植物で、アユタヤ王朝時代にヨーロッパ人との交易を通じてタイに伝わり、いまではすっかりタイ料理に欠かせない作物になりました。多くは挽いて粉にしたり、粒状のタピオカにしたりして、おもにデザートに使います。

米はタイの農業を支えるもっとも大切な作物。タイは世界有数の米の輸出国でもあります。全農業従事者の実に60%が米を栽培していて、面積でいうと農地の50%が田んぼです。米はタイの人々のおなかを満たしてくれる主食で、食卓の主役です。ゆえに、タイの全土で尊ばれています（p.20参照）。タイの人は米の一粒一粒を大切にし、決して無駄にしたり地面に落としたりしません。米なしでは、料理は完成しないのです。宴会や祭りの食事の主役はいつでも米です。

タイには、パームシュガーを作るためのパームヤシのプランテーションがあります。パームシュガーは、伝統的に料理に使われてきました。特に、プランテーションが集中している中央部のペッチャブリーは、良質なパームシュガーの産地として知られています。一方、南部の土地の大半を占めるパームヤシのプランテーションは、砂糖ではなくパーム油を作るためのものです。タイはインドネシアとマレーシアについで世界第3位のパーム油輸出国なのです。パームヤシのプランテーションはここ半世紀拡大しつづけていて、多くの環境問題と私たちの生活に関わる問題を引き起こしています。今日のタイのパーム油の生産量は世界全体の2%。持続的にパーム油を生産していくにはどうすればいいのか、解決策が求められています。

食の歴史

タイ族が中国の南部から現在のタイへ移り住んできたのは11世紀以降のことです。
その後数百年かけて南へと広がっていく過程で、タイ族はもともとこの地に住んでいたモン族、
クメール族、ビルマ族、マレー族といった異民族と出会い、ときには戦いました。
新しい土地と異なる民族を受け入れ、自らのなかに吸収することで、
タイ族の文化と料理は豊かになっていきました。

クメール族の名残

タイにアユタヤ王国ができる14世紀以前、現在のタイの全域はクメール王朝（アンコール帝国）の支配下にありました。クメール王朝は非常に緻密な社会制度と洗練された食文化を持っていました。アユタヤ王国に滅ぼされたあと、クメール王朝の宮廷で働いていた料理人はそのままアユタヤ王国の宮廷に残り、この地の料理にも影響を与えました。アユタヤ王国の宮廷の慣例、習慣、テーブルマナーは、クメール王朝に由来しています。現在でもタイ族とクメール族の交流は盛んで、共通する食材や料理も多く、どちらが発祥なのかという論争がつきません。たとえば、有名な料理であるバナナの葉で包んで蒸したカレー風味の魚のすり身は、タイ語ではホーモク、クメール語ではアモク・トレイと呼ばれています。

モン族の名残

モン族は、東南アジアに初めて住み着いた民族のひとつで、現在のタイを支える宗教である上座部仏教を広めました。河川流域の農業と、灌漑設備を用いた米の栽培をおこなう民族で、いまから2000～3000年前に中国南部から豊かな土地を求めてやってきたと考えられています。モン族がおもに河川に沿って住んでいるのはこのためです。今日でもなお、モン族はタイ国内でもっとも土地が肥沃なチャオ・プラヤ盆地に多く住んでいます。

アユタヤ王国時代の
味の融合

14 〜 18世紀にタイを治めていたアユタヤ王国には、中国や日本のあたりからヨーロッパまで、多くの国から外交官がやってきていました。ヨーロッパの使者はペルシャを通ってタイまでやってきました。さまざまな国との交易は、タイの料理法を大きく変えました。

ポルトガルの影響

ポルトガルは、ヨーロッパの国のなかで最初にタイにやってきた国です。ポルトガル人とタイ人の出会いは16世紀。両国間の人とものの行き来は活発で、タイにはアメリカ大陸のポルトガル植民地からとても多くの作物が入ってきました（トマト、ジャガイモ、サツマイモ、トウモロコシ、パパイヤ、落花生、タバコなど）。このころタイへやってきた作物のなかでタイ料理にもっとも影響を与えたのは、間違いなく唐辛子です。唐辛子は、タイ料理の様相を大きく変えました。

バンコクのクディチン地区は、400年間ポルトガルのカトリック教会が所有しています！　ビルマとの領土争いで同盟国として援助してくれたことへの感謝を込めて、アユタヤ国王がポルトガル人にこの地区を与えました。ここにはいまでもポルトガル人の子孫が住んでいます。クディチン地区のあちこちで、かの有名なパステル・デ・ナタ（エッグタルト）のようなポルトガルの古い料理が見られます。

「外国のお菓子」を意味する「カノム・ファラン」は、ポルトガル人菓子職人の技術を受け継いで作られている

中国の影響

中国とタイの人々のあいだには、複雑な歴史があります。初めて中国からの移民の波がやってきたのは、アユタヤ王国建国直後でした。いまから200年以上前に、チャクリー王朝［現在まで続くタイの王朝］を興したラーマ1世も、中国にルーツがあります。醤油、豆腐、麺など、タイの文化と調理法に中国が及ぼした影響は、あげればキリがありません。なかでも最大の功績は、中華鍋を使った調理でしょう。中華鍋はいまではタイ料理の必需品です！

味の調和

タイ料理は5つの味（塩味、甘味、酸味、苦味、辛味）の調和のもとに成り立っています。
一皿一皿が、5つの要素のうち2つか3つの風味の組み合わせでできています。
その料理がおいしいだけではなく、一生忘れられない味になるかどうかは、
5つの味の組み合わせと調和にかかっているのです！

食卓に並んだ料理をまとめて
「サムラップ」という

伝統的なタイ料理には、つねに米が添えられています。食べるときに米と料理をいっしょにすくって味わいます。これを「お米といっしょに」という意味の、「カップ・カオ」といいます。料理は味が濃いのですが、何にでも合う米と混ぜることでバランスの取れた味になります。

料理を選ぶときは、食卓全体の調和とバランスや、種類を考えなくてはなりません。口当たりや歯触りが異なっているか、同じような味の料理ばかりでないか、温かい料理と冷たい料理のバランスは取れているか、調理法や彩りに偏りはないかという点に気を付けましょう。温かい料理としては、さらさらとしたカレー、油分の多いどろりとしたカレー、炒めた野菜料理、肉や魚の料理などがあります。サラダや、香草や生野菜を添えた香辛料の利いたディップ料理（ナム・プリック）のように、おつまみとして食べる常温の料理もあります。どの料理の風味も生きるように、バランスを考えて選びましょう。そして食卓を囲む誰もが食事を楽しめるように、唐辛子を使った料理と使っていない料理を用意しなくてはなりません。

す）のが大切です。たいていの場合、このような態度で場の雰囲気を和らげることができます。タイでは、いかなる状況でも調和が重視されるのです。タイが微笑みの国と呼ばれる所以です。

「グレン・ジャイ」と呼ばれる他人を気遣う姿勢も、タイ人が調和を重んじることと関係しています。食卓でのグレン・ジャイは、きちんとしたルールに表れています（p.39 参照）。自分の取り皿に料理を取るときは、ほかの人にも充分な量が残るように気を配り、1 ～ 2種類の料理を少量ずつ取るのがマナーです。

調和を求めるタイ人の姿勢は、料理の枠を大きく超えて、社会における個人間の関係性にも見て取ることができます。タイの人たちは冗談が好きで、いつも明るい口調で話し、日常会話にユーモアを忘れません。タイ語には丁寧語を表す接尾辞があり、女性なら「カー」、男性なら「カップ」を文章の最後に付けることで、やわらかい表現にすることができるのです。タイ人はめったに怒ったり口調を荒らげたりしません。言い争いをしているときでも、相手に苛立ちをぶつけません。声を荒らげるのは、公の場所で相手を侮辱することになるからです。微笑みと穏やかさを絶やさず、「平静な心を保つ」（タイ語では「ジャイ・イェン」といいま

宮廷料理

タイの料理法が確立されるにあたって、何世紀ものあいだもっとも重要な役割を担っていたのが、
タイを支える柱である王朝です。王宮の厨房で生まれた料理は、
今日ではタイ料理のすばらしさと名声を世界じゅうに広めています。
昔は王様しか味わえなかった精巧で、優雅で、複雑で、調理に長い時間がかかる宮廷料理も、
いまでは誰もが楽しめるようになりました。

宮廷料理のエチケット

タイの有名なシェフのマクダン（McDang）は、王家の血を
引き、王妃と同じ食卓で食事をして育ちました。マクダン
いわく、王家の人々の食事は都市部の人の食事とほとんど
変わりませんが、厳格なルールと細かな規律があります。
まず、王宮で使われる食材は上等でとびきり新鮮なものば
かりです。宮廷料理では、そうした食材の骨や筋をひとつ
残らず取り除き、食べやすいように一口サイズに切るのが
決まりです。また、どれかひとつの食材が他の食材を損な
わないように、完璧に風味のバランスが取れていなくては

なりません。「ジャングルの食材」（アハン・パー）や、ある
種の発酵させた魚の調味料（プラーラー）のような強すぎる
香りの食品は使われません。フルーツや野菜にはカービン
グが施され、凝った盛り付けがなされます。

「あなたが作るマッサマンカレーはクミンの香りと情熱的な味がする。いままでこのカレーを食べた男たちは、皆あなたを妻にしたいと思ったに違いない」

ラーマ2世の詩
『カパエ・チョム・クルエン・カオ・ワン』
の一節

文学から見るタイ料理

ラーマ2世［19世紀チャクリー王朝時代の国王］は王子でありながら、のちに妻となるブンロート姫への愛の詩を書いた詩人でもあります。叙情詩のなかで、ラーマ2世はブンロート姫の作った17の甘い料理と14の塩気のある料理のすばらしさを褒め称えています。『カパエ・チョム・クルエン・カオ・ワン』と呼ばれるこの詩は、タイ文学の至宝とされていて、いまもなお小学校で教えられています。

のちにシースリエントラー王妃となったブンロート姫は、外国の調理法を取り入れて、タイ料理の発展に大きな役割を果たします。外国の料理のレシピをタイの王宮に合わせてアレンジしました。いまではタイ料理を語るうえで避けて通れないマッサマンカレーも、そのひとつです。

非菜食主義の仏教

肉を食べるか食べないかは、仏教徒のあいだでも意見の分かれるところです。
生前の釈迦は菜食主義者ではありませんでしたし、弟子たちに肉を食べるなと
説いたこともありません。釈迦が最後に食べたのも、供物としてもらった豚肉だったくらいです。
釈迦の人生と教えを示した聖典『律』には、3種の「浄」肉と、
その他の10種の「不浄な」肉について書かれています。

宗派による違い

仏教に菜食主義の習慣が現れたのは、仏教ができて数百年
がたち、「アヒンサー」という非暴力の教えが発達したころ
です。大乗仏教の教えが伝わるにつれて、菜食主義はまず
中国に、次にベトナムと朝鮮と日本に広まっていきました。
タイで信仰されている仏教は、東南アジアでもっとも古い
上座部仏教の一派です。釈迦が説いた教えにもっとも近く、
肉食を厳しく禁じてはいません。

タイの僧は、1日に1回、「タック・バット」と呼ばれる朝の托鉢のときしか食事をしません。僧は、信者から供えられた食べ物を受け取るために、暮らしている寺の周囲の道を裸足で歩き回ります。タック・バットを見ると、上座部仏教の僧たちが菜食主義ではないとわかります。僧たちは釈迦にならい、ものへの執着を捨てた暮らしをしています。そのため、施された食べ物はどんなものでも受け入れなくてはなりません。

「殺されたところを見ていない、自分のために殺されたと聞いていない、自分のために殺された疑いがない。この3つの条件を満たした魚と肉のみが清らかである」
『律』より抜粋

施しを受ける行為
「タック・バット」

僧の健康と栄養

タイ人の約95%が仏教徒です。王室も仏教を信仰していて、仏教は王室とともにタイ社会を支えるもうひとつの大きな柱です。僧への施しは、仏教徒にとって来世での転生や来るべき死に向けて徳を積む（タム・ブン）ための善行だと考えられています。信者からの施しは故人の好きだった料理が多く、ときには大量の砂糖を使う料理もあります。2016年にチュラーロンコーン大学が発表したデータによれば、僧の5割が肥満で、高コレステロールと糖尿病に苦しんでいるといいます！　対策として、僧の医療費を負担しているタイ政府は、供える食べ物の栄養バランスに責任を負うように信者に訴える「徳を積むか、それとも病気を生むか」キャンペーンを実施しました。

菜食主義料理

ベジタリアン

タイ料理と菜食主義はあまり結びつきがないように思うでしょう。
タイ料理では魚醤やシュリンプペーストが味付けの肝になるので、
むしろ動物性タンパク質を使わない料理を探す方が難しいのです。
けれど、タイにもいまから200年以上前に
中国の仏教徒コミュニティーから伝わった「アハン・ジェー」
と呼ばれる菜食主義の古い伝統が存在しています。
アハン・ジェーではベジタリアンやヴィーガン料理よりもさらに、
使う食材が厳しく制限されています。
毎年おこなわれるアハン・ジェーのお祭りは、タイの全土に広まっています！
お祭りのあいだは、露店のメニューも完璧なジェー料理に変わります。

ジェーな食事とは？

タイでジェーあるいはキン・ジェーな食事をしているとい
うと、肉を食べないことを指します。これは中国仏教の僧
から伝わった厳格な菜食主義の伝統で、タイの僧は菜食主
義ではありません。普段、一般のタイ人は肉や魚を食べて
いますが、旧暦9月1日から9日間続くテサカン・キン・
ジェー（ジェーのお祭り）のあいだは菜食主義を守ります。
中国にルーツを持つタイ人はとても多いので、お祭りはタ
イの全土でおこなわれます。

ジェーでは、肉と動物性タンパク質、また乳製品と蜂蜜の
摂取が禁じられています。さらに、ニンニク、タマネギ、
エシャロット、ニラ、ポロネギ、タバコといった風味や匂
いの強い食材も禁じられています。こうした食材は体内の
エネルギーを乱し、感情を高ぶらせると考えられているか
らです。

ジェーのお祭りを除けば、タイで菜食主義料理を目にする
機会はあまりありません。ベジタリアン向けの料理は、た
いてい大都市のモダンなレストランか、数種類の料理のな
かから好きなものを選んでお米にかけて食べるスタイルの
伝統的な食堂（カオ・ラート・ゲーン）で見られます。なか
にはジェー料理のみを扱う店もありますが、大半はベジタ
リアン向けの料理を何品か置いているだけです。わからな
いときは、どれがジェー料理なのか、お店の人に尋ねるの
がいちばんです。

有名な菜食主義メニュー

ジェー料理には種類が多くありますが、見た目はスープ、カレー、中華鍋を使った炒め物、煮物、サラダ、タイの伝統的な料理のレパートリーである香辛料を使ったナム・プリックなどの料理と変わりません。肉の代わりによく使われるのがキノコと豆腐。味付けには醤油が使われています。

ベジタリアン・ソーセージ
[サイ・クローク・ジェー]

ベジタリアン春巻
[ポピア・ジェー]

カイランの炒め物
[パット・パック・カンエーン]

スパイシーキノコ
[ヘット・プルン・ロッド]

豆腐の甘酢炒め
[パット・プリー・ワン・タオフー]

キノコのナム・プリック
[ナム・プリック・ヘット]

日常の食事

タイでは、伝統的に家族がそろって食卓を囲んで食事をします。
「サムラップ・アハーン」あるいは今日では一般に「カップ・カオ」と呼ばれる、
お米といっしょに食べる料理が食卓に何種類も同時に並べられます。
そもそもカップ・カオが「お米といっしょに」という意味です。
外食が身近になってもなお、食事の際には家族そろって食べるという習慣が残っています。
都市部に住み忙しい生活を送る人たちは、食事の一部を自分で作り、
残りはテイクアウトや宅配ですませています。
すべてをテイクアウトに頼る家も少なくありません。それに比べると、
田舎では家で料理を作る傾向があります。
自分で作ろうが、買ってこようが、食卓にはいつもたくさんの料理が並んでいます！

米

米はタイの生活の中心です。1人あたり年間約150kgの米を食べています。
米はただの付け合わせではありません。食卓の主役であり、多くの料理を支える土台であり、
ほかの料理の風味を引き立てることができるのです。
米の重要性は、タイ語で食べるという動詞「キン・カオ」が「米を食べる」という意味であること、
日々の行事で米が賞賛の的であることを見るとわかります。米はタイ経済の主役でもあります。
生産量は年間平均2000万〜2500万トン。そのうち半分を輸出している
世界有数の米の輸出国でもあります。

6つのおもな米のタイプ

ジャスミンライス
[カオ・ホーム・マリ]

タイ米のなかでもっとも広く売られていて知名度のある種類です。名前の由来は米粒の白い色がジャスミンの白い花に似ているから。繊細な香りはパンダンの葉を思わせます。

黒もち米
[カオ・ニャオ・ダム]

白いもち米と似ていますが、かための食感。白いもち米を3分の1混ぜてから浸水させ、蒸して食べます。

ライスベリー
[カオ・ライスベリー]

交配によって近年生まれた玄米。濃い紫色をしています。最近では、スーパーフードとして注目度が上がっています。

白いもち米
[カオ・ニャオ・カオ]

普及度は第2位、消費量は第1位。デザートと、北部と東北部の料理に多く使われます。

ジャスミンライスの玄米
[カオ・クローン]

ジャスミンライスの仲間や一般的な長粒米の玄米。精製された米よりも栄養価が高いのですが、精製米ほど広まっていません。

その他の白米

タイにはその他多くの種類の白米があります。ジャスミンライスでもなく、もち米でもない一般的な長粒米。かなり安価で、タイの人々が日常的に食べているのはこうした米です。

ジャスミンライス

［カオ・ホーム・マリ］

調理時間：30分

材料（4人分）

米…300g（生米で2カップ）

1. 余分なでんぷんを取り除くために、米を3倍量の水で洗う。
2. 鍋か圧力鍋に米を入れて、同量の水を入れる。
3. 火にかける。鍋の場合は蓋を取らずに中火に20分かける。
4. 火を止め、米が蒸気を吸い尽くすまで10分間、蓋をしたまま蒸らす。

もち米 ［カオ・ニャオ］

調理時間：30分
浸水時間：4時間（可能なら一晩）

材料（4人分）

もち米…300g（生米で2カップ）

1. たっぷりの水に米を浸けて少なくとも4時間浸水させる。
2. 水を切り、もち米用の竹の蒸し籠に入れる。
3. 深鍋にたっぷりの水を入れて沸かす。お湯が沸いたら、鍋に籠をのせて蓋をする。蓋がぴたりと合わない場合は、湯気が逃げないように籠と蓋のあいだに布巾を挟む。
4. 25分間火にかける。均一に火が通るように、加熱時間の半分を過ぎたら籠をさっと振って米の裏表を返す。
5. 米が蒸し上がったら、湯気を吸いすぎないように皿の上に広げる。それから、冷めないように竹籠に戻す。

メー・ポーソップ

メー・ポーソップは「メー・クワン・カオ（豊穣の女神）」、「メー・カオ（米の母）」とも呼ばれる古い女神で、タイに仏教が伝わる前のアニミズムに由来します。女神の恵みと米の豊作を祈り、タイ全土でメー・ポーソップを祀る儀式とお供えがされています。米が育つのは、メー・ポーソップがおなかのなかで米を育てているからだと考えられているのです。タイの人が食事の際に米を一粒も無駄にしないのは、女神が与えてくれた食べ物に敬意を表しているからです。

麺

米から作る麺、小麦粉と卵から作る麺は、タイ人の大好物です。
麺をスープに入れて食べたり、中華鍋で炒めたり、揚げたりして食べるのが大好きです。
「カノム・ジーン」と呼ばれる米の細い麺はモン族から受け継いだ古い遺産で、
いまでもタイ国内で食べられています。ほかの麺は、
中国からの度重なる移民の波によってタイに伝わりました。
かつて、麺は中国人移民だけが食べていました。でもいまでは、
パッ・タイのように、世界にタイ料理の栄光を示すタイ人の自慢の種です。

炒める麺料理 **揚げる麺料理** **スープで食べる麺**

焼き豚とワンタン入り
小麦麺のスープ
［バ・ミー・ムー・デーン］

醤油味の炒麺
［パッ・シー・イウ］

甘酸っぱいカリカリ麺
［ミー・クローブ］

春雨炒め
［パッ・ウン・セン］

麺のサラダ
［ヤム・ママー］

透き通ったスープと
豚の内臓の巻き麺
［クイ・ジャップ・ナーム・サイ］

麺の種類

米粉の麺

平打ち麺
[クイ・ティアオ・セン・ヤイ]

醤油味の炒麺（パッ・シー・イウ）などに使われます。

細麺
[クイ・ティアオ・セン・ミー]

油で揚げる麺料理（ミー・クローブ）に使われます。

中細麺
[クイ・ティアオ・セン・レック]

国民食でもあるパッ・タイに使われる、「セン・パッ・タイ」とも呼ばれる麺です。

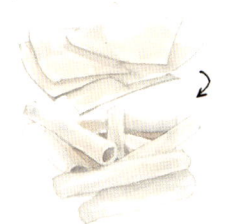

ちぢれ麺 [クイ・ジャップ]

麺の名前を冠したスープと絡めて食べる麺料理クイ・ジャップに使われています。

**小麦粉や
そのほかの麺**

小麦麺 [セン・バ・ミー]

焼き豚入りの汁麺「バ・ミー・ムー・デーン」によく使われます。

緑豆春雨 [ウン・セン]

スープ、炒め物、サラダにもよく使われる半透明の麺です。

インスタント麺 [ママー]

炒め物（パッ・ママー）だけでなくサラダ（ヤム・ママー）にも使われます。

発酵した米の麺 [カノム・ジーン]

さまざまな種類のカレーに添えて食べる麺です。麺の長さは長寿の象徴であることから、結婚式やお祝いの席の料理の主役でもあります。お祝いの席では、青、桃色、黄色、緑に色付けされます。

香草と香辛料

タイの国土は多様な気候と豊かな起伏に恵まれています。
国の端と端では食べられる香草の種類がずいぶん違い、それがタイの豊かさの一部になっています。
香草の種類は多く、生のまま使うこともあれば、
スープやカレー、中華炒め、サラダの風味付けに加熱して食べることもあります。
ニンニクとエシャロットは、どのレシピにも共通する香りのベースです。
タイ料理の味付けには、しばしばライム、タマリンド、パイナップル、
柑橘類などのフルーツの酸味が使われます。
ここでは、もっともよく食べられているそのほかの香草と香辛料を紹介します。

タイ料理の名物香草トリオ

コブミカンの葉、ガランガル、レモングラスの組み合わせ
は、タイ料理のアイデンティティです。東南アジアでとれ
るこの3つの香草の組み合わせは、かの有名なトム・ヤム・
クンをはじめ、多くの料理に用いられています。

ガランガル［カー］

ショウガに似た根茎ですが、ショウガと
はまったく違うフレッシュで強い香りが
します。スープ、カレー、その他多くの
料理の風味付けに使われています。

コブミカン［バイ・マックル］

ライムに近い酸味のある柑橘類。葉は丸
ごとスープに入れて煮出すか、かなり細
かく刻んで料理の飾りや香りづけに使わ
れます。実の皮は剥いてカレーペースト
に加えます。少しの果汁でもかなり酸っ
ぱくなり、実を食べることはほとんどあ
りません。

レモングラス［タクライ］

茎をスープやブイヨンに煮出して
使います。料理やカレーの香りづ
けにも使われ、さわやかでレモン
に似た香りがします。

バジルの仲間

ホーリーバジル[バイ・ガパオ]

コショウに似たピリッとした風味の
バジル。特にガパオ(パット・ガパオ)
のように中華鍋で炒める料理の風味
付けに用いられます。辛味の利いた
バジルの炒め物のガパオは国民食と
いってもいいでしょう!

スイートバジル(タイバジル)
[バイ・ホラパ]

とてもよく使われるバジル。レッド
カレーやグリーンカレーとよく合う
アニスのような風味が重宝されてい
ます。

レモンバジル[バイ・メンラック]

名前の通りレモンのような美しい香
りがするバジル。イエローカレーや
ターメリックの利いた魚のカレーな
どに添えられます。

花ニラ[ドク・グイチャーイ]

アサツキとニンニクの香りを合わせ
持ち、おもに中華炒めに使われます。
茎はパッ・タイをはじめとする料理
の香りづけに使われています。

パクチー

タイ料理を語るうえでパクチーは避
けて通れません。葉・茎・根のすべ
てが食べられる香草です。根はブイ
ヨンの香りづけやマリナードとカレ
ーを引き立たせるために、葉と茎は
料理を飾ったり風味をつけたりする
のに使われます。

オオバコエンドロ
[パクチー・ファラン]

青臭いと称される香りの香草です。
スープ、麺の入ったスープ、北部の
料理である肉のサラダ(ラープ)に添
えられます。

パンダンリーフ[バイ・トゥーイ]

ブイヨン、焼肉の香りづけ、デザ
ートの米とココナッツミルクの風
味付けと色付けに使われます。部
屋に香りをつけるために、パンダ
ンの葉を巧みに編んで籠にするこ
ともあります。

中国ネギ[トン・ホーム]

多くの料理に添えられる風味付け
に欠かせない香草です。

中国セロリ[クン・チャーイ]

茎の部分がとても細い香草です。
中華炒め、魚の蒸し料理、サラダ
などに、過熱して使います。香り
づけのために料理に添えられるこ
ともあります。

野菜

タイの人はとても多くの種類の野菜を食べます。
なかでも、ナス、キャベツの仲間はとくに種類が豊富です。
まだ熟していないフルーツも野菜と同じように調理して食べます。
ここでは代表的な野菜をまとめました。

丸ナス[マクア・プロ]

形は丸く、緑、紫、白、黄色のものがあります。生で食べればコリコリした食感が楽しめ、火を通すととろけるほど実がやわらかくなります。

スズメナスビ[マクア・プワン]

野菜や香草を添えて食べる香辛料の利いたナム・プリックに入れる場合は生で、カレーに入れるときは加熱して食べます。加熱してもプチッとした食感は残ります。

緑色の長ナス[マクア・ヤオ]

長さは25〜30cm。サラダやナム・プリックに入れるために、中華鍋で炒めたり、炭火で焼いたりして食べます。

カイラン[パッカナー]

油で揚げた豚肉の中華炒め（パッカナー・ムークロップ）やパッ・シー・イウなどの麺料理によく入っています。

空芯菜[パックブン]

ニンニクといっしょに中華鍋で炒める料理がとても有名。スープとカレーの具にもなります。

キャベツ[カランプリー]

生野菜の盛り合わせや中華炒めで使われる、タイ料理でもっとも食べられている野菜です。

ササゲ豆
[トゥア・ファク・ヤオ]

コリコリとした食感で味に癖がない豆。サラダ（ヤム）に入れて生で食べたり、中華炒めにしたりします。

ネジレフサマメ[サトー]

別名「臭い豆」。強い苦味がある南部を代表する野菜です。

ニガウリ[マラ]

名前のとおり、とてつもなく苦い野菜です！　繊細な宮廷料理では使われません。生でサラダに入れたり、中華炒めにしたり、スープに入れたりして食べます。

アカシアの葉[チャー・オム]

非常に強烈な苦味があります。卵といっしょにオムレツ（カイ・ジェウ・チャー・オム）にして食べることが多い野菜です。ナム・プリックには生で添えられます。サラダやカレーやスープにも入れます。

タケノコ[ノー・マーイ]

とても大衆的な野菜。アク抜きをしてから、サラダ（ヤム）、スープ、カレー、中華炒めにして食べます。加熱しても歯応えが残ります。

青パパイヤ
[マラコー・ディップ]

実が熟す前に収穫し、野菜と同じように加熱して食べます。味に癖はなく、実はカリカリとした食感です。とくに、有名な青パパイヤのサラダ（ソム・タム）にすることが多く、南部を代表するカレー、ゲーン・ソムにも入っています。

スパイス

スパイスは、だんだんとタイ料理のレパートリーに加わってきました。
北部を通るシルクロードを行き来していた商人によってタイに伝わったスパイスは、
南部のインド＝マレーシア系コミュニティーと中華系移民の影響を受けて広まっていきました。
現在では、タイ料理に不可欠な要素になっています。
マッサマンカレーのように多くのスパイスが必要な料理もありますが、
日常的に使うのは白コショウ、コリアンダーシード、クミンシードです。

根茎

ショウガ[キン]

中華炒めをはじめとする中華系の料理にもっぱら使われます。新ショウガ（キン・オン）は苦味がありますが辛くないので、生で食べたり酢漬けにしたりします。

ウコン[カミン]

苦く土の香りがする根茎。北部と南部の多くのカレーに入っています。料理を特徴的な黄色に染めます。

オオバンガジュツ[クラチャイ]

フレッシュで非常に特徴的な薬臭い香りがします。魚の臭みを消してくれるため、魚料理と相性が良いスパイスです。

ドライスパイス

クミンシード
[マレッド・イーラー]

おもに南部の料理に使われ、カレーペーストの味を引き立たせます。

コリアンダーシード
[ルーク・パクチー]

カレーペーストに欠かせないスパイスで、マリナードやブイヨンの香りづけに使われています。

白コショウ[プリック・タイ]

タイ料理で使われるコショウは、ほとんどの場合、生の緑コショウとこの白コショウです。

唐辛子

タイ料理の象徴ともいえる唐辛子ですが、
実はこの地域に昔からあったわけではないと知っていましたか？
唐辛子は、ポルトガル人宣教師によって、16世紀にアメリカ大陸からタイに伝わりました。
それまではコショウを使って料理に辛味を利かせていました。
現在のタイで食べられている豊富な種類の唐辛子は16世紀以降に発展したもので、タイの誇りです。

プリック・キー・ヌー・スワン

とても辛い小さな唐辛子で、タイ語で「ネズミの糞の唐辛子」という意味です。辛党のタイ人は平気でなかの種もかじります。

プリック・ジンダー

赤色か緑色で、プリック・キー・ヌー・スワンよりも実が長く香りが強いのですが、辛味は劣っています。一般に広く食されている種類です。

プリック・チー・ファー

緑か赤の実が長い種類で、あまり辛くありません。料理やカレーペーストの色付けに使われます。

乾燥唐辛子
［プリック・ヘン］

さまざまな種類の唐辛子を干したもので用途もさまざまです。長さのあるプリック・チー・ファーを干したものはカレーの色付け、短いプリック・ジンダーを干したものは風味と辛味付けに使われます。

粉唐辛子
［プリック・ボン］

乾燥させて炒り、粉状にしたプリック・キー・ヌー・スワン。非常に多くの料理に入っています。つねに食卓に置かれていて、タイ人にとってはコショウのような存在です。

生コショウ
［プリック・タイ・オーン］

緑色の生のコショウ。唐辛子の仲間ではありませんが、同じようなピリッとした風味があり、唐辛子がタイに伝わる前はよく使われていました。

味付けの極意

タイ料理にはいくつかの調味料と薬味があり、ひとつの料理に複数の調味料を使います。
さらに、食卓に置かれた調味料でそれぞれの好みに合わせて味付けをします。
風味の調和を追い求める際に、味付けはいちばんの肝になります。
ただのおいしい料理とすばらしい料理の違いは、間違いなく味付けなのです！
レシピに最初から調味料の量が書かれていることはめったにありません。
完璧に調和の取れた味にたどり着けるかどうかは、料理人の裁量次第なのです。

代表的なタイの調味料

魚醤[ナンプラー]

ほとんどすべての料理に入っている魚醤は、タイ料理を代表する調味料で、唯一タイで生まれたソースでもあります。塩漬けにしたカタクチイワシを半年〜2年間発酵させ、そこから抽出した液体で作られています。タイでは塩の代わりにナンプラーが食卓に必ず置かれていて、肉や魚に付けて食べることができます。

シュリンプペースト[カピ]

カピはとても古くからタイにある食品のひとつ。大量にとれるエビを保存するために発酵させたのが起源です。現在では、カレーペーストをはじめとする多くの料理に使われています。タイ料理には欠かせない調味料です。

中国発祥の調味料

ナンプラーとカピ以外の調味料は、中華系の移民によってタイに広まりました。ゆえに、中国由来の調味料は、おもに中華炒めと中華風タイ料理の味付けに使われています。

淡口醬油[シー・イウ・カオ]

大豆から作る塩辛い調味料で、中華鍋で炒める料理には欠かせません。下味にも使われますし、仕上げの味付けにも使われます。ベジタリアンにとっては、魚醤の代用品でもあります。

甘口醬油[シー・イウ・ダム]

とろみがあり、甘味のある調味料。料理の色付けや肉を漬けるときの味付け、料理のちょっとした調味料にも使われています。

シーズニングソース[プルン・ロッド]

ゴールデン・マウンテン®印の淡口醬油に似た醬油です。

その他の調味料

The Taste of the Original

オイスターソース［ホイ・ナン・ロム］

オイスターソースは、中華鍋を使う料理に欠かせません。とろみがあり、塩味とかすかな甘味、そして旨味が豊富なため、どんな野菜炒めや肉料理の味も引き立たせてくれます。

味噌［タオ・ジェウ］

発酵させた大豆のペーストで、あまり使われませんが、チキンライス（カオ・マン・ガイ）のタレやいくつかの中華炒めといった料理には欠かせません。

シラチャーソースはどこから来たのか？

世界では「アジアのスパイシーなケチャップ」として知られているシラチャーソース。ソースの名前は、1949年にこのソースがはじめて販売されたタイの地名から付けられました。

最初に商品化されたシラチャーソースは、シラチャー・パーニット®です。父親のレシピをもとに作ったというタノム・チャッカパックがシラチャーソースの名を世に広めました。シラチャー・パーニット®はアジアの全域、とりわけベトナムで飛ぶように売れました。1975年、戦争から逃れてアメリカへ移住したベトナム系移民のデービット・トランによって、シラチャーソースはアメリカで売られるようになります。雄鶏の絵で有名なフイ・フォン®と呼ばれるこのアメリカ版シラチャーソースは、すぐに人気を博しました。

タイの人たちは、フライドチキン、揚げ餃子、野菜のフリッターなどの揚げ物や、オムレツ（カイ・ジェウ）にこのソースをかけて食べます。

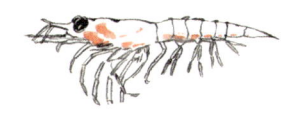

卓上調味料

タイでは、たいてい卓上調味料[クルアン・プルン]として、
塩味の魚醤(唐辛子入りの場合もあれば、入っていない場合もある)、甘味の砂糖、
酸味の唐辛子入りお酢、辛味の粉唐辛子の4つの味の調味料がまとめて置かれています。
タイの人は、おもに麺を入れて食べるスープの味を引き立たせるために卓上調味料を使いますが、
それに限らずどんな料理の味付けにも使うことができます。
4つの卓上調味料は、まさにタイ人にとっての塩、コショウといえるでしょう!
ほかにも、肉や魚に添える調味料、葉で包んだ料理や揚げ物に添える薬味などがあります。

砂糖
[ナム・タン・サイ]

魚醤
[ナンプラー]

粉唐辛子
[プリック・ボン]

スイートチリビネガー
[プリック・ナム・ソム]

スイートチリソース[ナム・チム・カイ]

フライドチキンなどの揚げ物に付ける甘酸っぱいソース。甘くて辛味が少ないので、子どもたちが大好きなソースです!

調理時間:10分

材料(小瓶1つ分:200ml)

プリック・チー・ファー(あるいは長いモロッコ唐辛子)
…1個
ニンニク…3片
米酢(白酢でも可)…100ml
砂糖…120g
塩…小さじ½
コーンスターチ…大さじ1

1. 水100mlと唐辛子とニンニクをミキサーに入れ、細かくなるまで撹拌したものを鍋に移す。
2. 酢、砂糖、塩、大さじ1の水で溶いたコーンスターチを加える。
3. 強火にかけて煮詰めたら完成。

アジャッド

別名「アチャール」。野菜を漬物にする調理法をこう呼びます。肉の串焼き、魚のフリット、タイのムスリムコミュニティーの料理によく添えて出されます。さわやかな味わいで辛くないので、重めの料理やソースを使った料理を食べたあとの口直しにもぴったりです。

調理時間：5分

材料(小皿1つ分)

キュウリ…3 cm
エシャロット…1個
白酢…30 ml
砂糖…15g
唐辛子…1~2個(お好みで)
塩…1つまみ

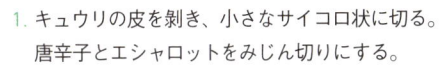

1. キュウリの皮を剥き、小さなサイコロ状に切る。唐辛子とエシャロットをみじん切りにする。
2. 鍋に水30 mlと砂糖を入れ、弱火で溶かす。
3. 砂糖水が冷めたら、残りの材料をすべて入れる。

ナム・チム・シーフード

名前のとおり、魚やエビ、貝類に付けて食べる柑橘系の香りのするソースです。

調理時間：5分

材料(小皿1つ分)

プリック・キー・ヌー・スワン…6個
ニンニク…2片
パクチーの茎のみじん切り…大さじ2
ナンプラー…大さじ3
ライム果汁…大さじ3
砂糖…小さじ½

1. 唐辛子、ニンニク、パクチーの茎をみじん切りにする。すべての材料を混ぜる。

ナム・チム・ジェーオ

焼いた肉やもち米には欠かせない調味料です。

下準備にかかる時間：10分
加熱時間：2分

材料(小皿1つ分)

生のもち米…大さじ2
エシャロット…1個
パームシュガー…大さじ2
ナンプラー…大さじ4
タマリンドの果肉…大さじ2
ライム果汁…大さじ2
粉唐辛子…小さじ2
トン・ホームの緑色の部分のみじん切り…大さじ2(お好みで)
パクチーの茎のみじん切り…大さじ2

1. 水気のないフライパンで、もち米を均一な小麦色になるまで炒る。粉状になるまでミキサーにかける(これを「カオ・クーア」という)。
2. エシャロットを薄切りにする。
3. パームシュガーがソースに溶けやすくなるように、砕いておく。
4. 液体の材料にパームシュガーを加え、完全に溶けるまで混ぜる。唐辛子ともち米の粉末とエシャロットを混ぜ合わせる。
5. 食卓に出す際に、トン・ホームとパクチーを散らす。

プリック・ナンプラー

調理時間：5分

材料(小皿1つ分)

赤と緑のプリック・キー・ヌー・スワン…8個
(お好みでもっと入れてもよい)
ニンニク…4片
ナンプラー…大さじ12

1. 唐辛子とニンニクをみじん切りにする。ナンプラーと混ぜ合わせる。

発酵させた魚介類を使った調味料

発酵は食材を利用し保存するための昔ながらの手法ですが、
タイではいまだにかなり広く用いられています。淡水域と海で豊富にとれるエビや魚が、
発酵食品を作るのに向いているのです。発酵調味料は野菜や肉にもよく合います。
魚醤やシュリンプペーストは、タイ料理に不可欠な強い香りの調味料です。
タイでは、はるか昔から料理に塩味と旨味を加えるために発酵調味料を使ってきました。
醤油を使うようになったのはごく最近です。とれる魚、調理法、
その地域の習慣に応じて、地方ごとに多種多様な発酵調味料があります。

魚醤 [ナンプラー]

ナンプラーの材料によく使われる魚は、カタクチイワシ。
小さいので、加工せずに食べるには向かない魚です。カタ
クチイワシを塩漬けにして、蓋つきの容器に入れ、半年〜
2年間発酵させます。そのあいだに魚は自身に含まれる酵
素の力で分解され、液体に変わります。発酵が思ったレベ
ルまで進んだら液体を取り出して濾し、瓶に詰めます。殺
菌するために熱で消毒し、砂糖で味をととのえる場合もあ
ります。

ナンプラーは一番搾り、二番搾りというように、いくつか
の級に分かれています。一番搾りを取ったあとの残り滓に
塩水を加えてのばし、もう一度濾したのが二番搾り。この
工程を何度も繰り返すうちに、塩気が強くなり魚の風味が
落ちていきます。

プラーラーと
ナム・ブドゥ

タイ東北部とラオスで食べられるプラーラーと、タイ南部とマレーシアで食べられるナム・ブドゥも、魚を発酵させて作る調味料の仲間です。ナンプラーと違って濾過（ろか）しないため、魚の身が入っています。ナンプラーよりもかなりどろっとしていて、匂いが強烈です。

プラーラーの材料は、川でとれる魚であればどんな種類でもかまいません。魚をきれいに洗い内臓を取り除いて、切ってから塩漬けにして、水に浸して発酵させます。一定期間発酵させたあとで、米糠（こめぬか）か米粉か炒ったもち米を加えます。そうすると、魚の発酵がさらに進みます。発酵期間にはかなり幅があり、数ヵ月から1年、もっと長い場合もあります。東北部料理に不可欠な調味料で、とりわけ「ソム・タム」という青パパイヤのサラダには欠かせません。

ナム・ブドゥはカタクチイワシから作られます。ときには、パームシュガーやタマリンドの果肉で味を付ける場合もあります。まず、蓋つきの素焼きの甕（かめ）にイワシを塩漬けにして、水に浸します。それから6〜7ヵ月間、日の当たるところで発酵させます。南部の料理の代表的な調味料で、南部を象徴する朝ごはんのメニューである米のサラダ「カオ・ヤム」には欠かせません。

シュリンプペースト［カピ］

発酵させたエビのペーストは、タイ人がもっとも古くから食べてきた調味料のひとつです。現在でもなお、タイ料理を語るうえで避けて通れない調味料です。とりわけ米と種々の野菜といっしょに盛られ、ソースを付けながら食べる前菜「ナム・プリック」は、どんな種類であってもベースの味付けにカピを使っています。また、カレーペーストにもたいていカピが入っています。

濃い紫色をしたバター状のカピは、エビに似た小さな甲殻類のオキアミ（コーイ）と塩を混ぜて作られます。コーイを塩漬けにして1〜2日発酵させ、それを乾燥させてペースト状にすりつぶしてから蓋つきの甕に入れて、さらに半年発酵させます。カピの風味と匂いはとても強烈なので、ほんの少量でも料理に風味とコクを与えることができるのです。

調理道具

伝統的なタイ料理は、「クルン・タム」と呼ばれる
唐辛子と香草と香辛料をすりつぶしたペースト作りの上に成り立っています。
どの料理もクルン・タムが味のベースになっているのです！
香辛料の効いた伝統的な料理のナム・プリックしかり、サラダにスープにカレーしかり、
どの料理も食材をすりつぶさなくてはなりません。煮出すタイプのスープだけが例外です。
つまりタイ料理の道具のなかで、もっとも古く、もっとも大切なのは、
すり鉢［クロック］とすりこぎ［サク］といえるでしょう。

タイの人は2種類のすり鉢を用途に応じて使い分けています。

・すりこぎが木製で、本体は木製あるいは素焼きのすり鉢。軽
　い素材でできているので、とても繊細な食材でも粉々にせず、
　食感を残すことができます。サラダ、ソース、ナム・プリッ
　クを作るときに使います。
・花崗岩製のすり鉢とすりこぎ。木製より
　もかなり重く、かたい食材でもなめらか
　なペースト状にすりつぶすことができま
　す。カレーペーストを作るときに使います。

素焼きのすり鉢

木製のすり鉢

花崗岩製のすり鉢

陶器の火鉢［タオ・タン］

現在でもかなりポピュラーな昔ながらの道具のひとつ。
この上で食材を焼いたり、鍋でスープを煮たり、中華
鍋を置いて揚げ物をしたりします。田舎ではいまでも
広く使われていますし、バンコクの街じゅうの露店で
も火鉢での調理に強いこだわりを持っている店があり
ます。

竹籠 [クラテップ・カオ・ニャオ]

蒸したもち米を保温し、乾燥を防ぐための道具です。食事のときにはこの籠ごと食卓に出します。

素焼きの壺 [マウ・ディン]

あらゆる食材（米、スープ、カレー）を加熱調理できる伝統的な道具。現在では、米は電気炊飯器、スープやカレーは鍋で作ります。それでも素焼きの壺は、肉や野菜などのさまざまな食材をスープで煮込んだ鍋料理（チム・チュム）をできたての状態でサーブする道具として残っています。

円錐形の竹籠
[フアド・ヌン・カオ・ニャオ]

もち米を蒸すための専用の籠。

真鍮製の鍋 [ガタ・トン・ルアン]

デザート作りに欠かせない昔ながらの鍋です。均等に熱を伝えることにかけては右に出るものがない真鍮は、長い時間シロップを調理するのに理想的です。カレー作りにこの鍋を使う人もいます。

中華鍋 [クラタ]

タイ料理の道具を語るうえで避けては通れない中華鍋は「中国の鍋」という意味の「クラタ・チーン」とも呼ばれています。名前のとおり中国からの移民が持ってきた鍋で、いまではタイ全土で使われています。米、麺、野菜、肉など、中華鍋は多くの炒め料理の調理に用いられています。レシピに「中華鍋で炒める」と書かれていたら、鍋を振りながら食材の表面だけを熱に触れさせ、均一かつすばやく火が通るようにしましょう。中華鍋は揚げ物の調理にも使われます。

ムー・クラタ

韓国の焼肉と中国の鍋料理を同時にできる道具です。肉を焼く中央の鉄板部分には、豚の脂身を使って油をひきます。鉄板の周囲のくぼみにはスープを入れて、麺や野菜や魚介類を茹でます。ムー・クラタがテーブルの中央に置かれたレストランがあるほど、タイではとてもポピュラーな鍋です。このタイプのレストランでは、ムー・クラタ料理しか出てきません！　宴会好きなタイ人に大人気です。

カトラリーの使い方

指で食べる方法

伝統的に、タイでは屋外に座って指のみを使い食事をしていました。そのころの食事は、やけどをしないようにどれも常温でサーブされ、指でつかみやすいように食材がカットされていました。

1. 食事に招かれた客たちがボウルの水で指を洗って、席につく。
2. 3本の指（親指、人差し指、中指）を使って、米を一口大にまとめる。
3. 米にほかの食事をくっつけて、そっと口へ運ぶ。

現在でも、田舎では指を使って食事をしています。また、北部ではもち米を添えたメニューのときに、南部では焼いたパンとカレーのようなメニューのときには、手で食べます。

スプーンとフォークの使い方

19世紀になると、外国との貿易の影響で、王宮の食卓にヨーロッパ式のカトラリーが伝わりました。カトラリーを使う習慣は、「ヨーロッパ風に」食べる方が上品だと考えた貴族たちに受け入れられました。1930年代になると、首相のプレーク・ピブーンソンクラームが国の近代化措置の一環として、カトラリーの使用を奨励しました。以来、スプーンとフォークでの食事が標準になりました。ただし、どの食材もカットされてから出されるタイ料理では、ナイフは必要ありません。

箸を使うのはこのときだけ！

タイでは、箸はもっぱらスープに入った麺料理を食べるために使います。スープに入った麺料理がもともと中国の料理であったため、中国の習慣を受け継いだのです。炒めた麺料理は箸で食べてもいいですし、フォークとスプーンで食べてもかまいません。

食卓での礼儀作法

食事の開始は年長者が合図をする

家族での食事や、目上の人と食事をするときは、年長者か社会的地位がもっとも高い人が、料理を取りはじめるのを待たなくてはなりません。年長者に敬意を示すのは、タイの絶対的な原則です。友人同士の食事はリラックスした雰囲気で、この暗黙の原則は適用されません。

皿いっぱいに盛らない

食卓に出された料理は、そこにいる全員で分け合って食べます。まず1種類か2種類の料理を少量だけ皿に取り、それを食べきってから次の料理を取るようにしましょう。バイキングのように皿いっぱいに料理を取るのは行儀が悪いとされていて、自分勝手な食べ方をする人だという印象をもたれてしまいます。

ゆっくり食べる

食べることに夢中になってしまうと、いっしょに食事をしている人たちのことを考えていないと思われます。食事の場を心から楽しんで、会話に時間をかけましょう。

フォークで食べ物を刺さない

タイでは、スプーンを右手に持ちます。これは食べ物を口に運ぶため。フォークは、スプーンに食べ物を集めたり、大きすぎるものを切ったりするのに使います。

食事の席で洟をかまない

洟をかみたいときはお手洗いへ行くか、鼻をおさえて静かに拭き取りましょう。

大皿と取り皿に少し料理を残す

食事のホストにおなかがいっぱいになるまでいただきましたと示すために、料理を少し残しておきましょう。ただし、お米は一粒たりとも残してはいけません！

箸にまつわるルール

・お米の入った碗に箸を立ててはいけません。お通夜の線香を連想させるからです。
・箸で遊んだり、人を指したりしてはいけません。
・箸をクロスさせてはいけません。悪いことが起きるとされています。

加熱調理の方法

火を使う

ぐつぐつ煮る［トム］
素焼きの寸胴鍋を使って昔ながらの方法でスープを作る加熱の仕方。

煮込む［トゥン］
肉の煮込みやカレーを作るときの加熱の仕方。

炭を使う

タイ料理は、昔ながらの炭火調理を多用します。さまざまな方法があるので、炭を使った調理に関する表現が非常に豊かです。

炙る［ヤン］
串焼きにする［ピン］
魚を焼く［プラ・パオ］：「パオ」は焼くという意味。
バナナの葉で包み焼きにする［エプ］
竹筒飯［カオ・ラム］**のように竹に入れて炊く**

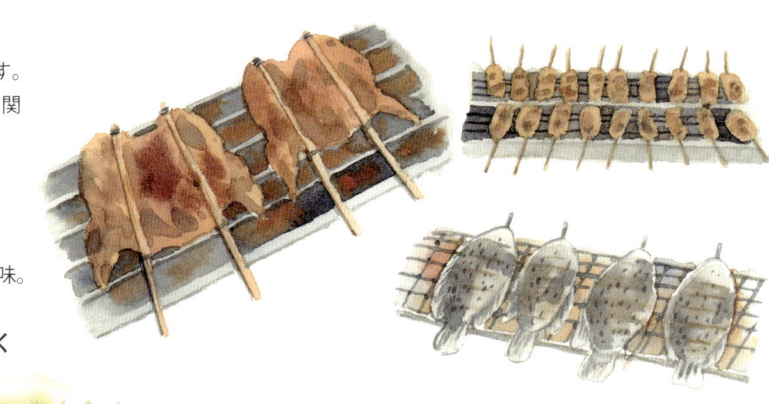

蒸す

蒸す［ヌン］

もち米だけでなく、魚、葉で包む料理、蒸し
パン、冷たいデザートも蒸して作られます。

中華鍋

中華鍋を使って炒めたり揚げたりする調理法は、
中華系移民から直接伝わりました。現在では完
全にタイ料理に溶け込んでいます。

炒める［パット］

短時間で加熱する調理法。非常に短い時間で炒
め、食材の食感を保ったまま料理に生かすこと
ができます。野菜や肉だけでなく、麺や米も炒
めます。

揚げる［トート］

タイの人は油で揚げたものが大好き。とくに軽
食には、フライドチキン、バナナのフリッター、
カレー味のフリッターなどの揚げ物をよく食べ
ます。肉や魚、ときには麺も揚げます。

混ぜる［ヤム］

サラダを作るときによく使われる調理法です。
サラダ以外にも、風味（酸味、塩味、辛味）が混
ざった料理の名前に「ヤム」が入ることがありま
す。トム・ヤム・クンがその例です。

朝食

日の出が早いタイでは、太陽が顔を出すとすぐに猛烈に暑くなります。
そこで、タイの人たちは日の出と同時に活動を開始します。
朝食を売る屋台は6時からはじまり、たとえ売れ残っていても9時には閉まります。
ですから、通勤や通学の道すがらに、さっと外で朝食をすませる人が多いのです。
家で食べる場合もありますが、その場合も近所の店でテイクアウトしたり、
昨日の残りものですませたりします。
いずれの場合も、朝食は昼や夜に食べる料理と同じ塩気のある料理です。

よくある朝食のメニューは、お粥（ジョク）、揚げ菓子（パトンコー）、フライドチキン（ガイ・トート）、串に刺さった焼き豚ともち米（カオ・ニャオ・ムー・ピン）、チキンライス（カオ・マン・ガイ）などで、昼食や夕食のメニューと変わりません。どれも前もって調理できて、すぐに提供できて、食べるのが簡単な品ばかりです。もし座って食べる時間があるのなら、路上の屋台ではこれ以外の料理も頼むことができます。

朝食のスープ

お粥［ジョク］

豚肉の肉団子、生卵、細切りショウガ、トン・ホームを添えたジョクは、朝食にもっともよく食べられている料理です。とくに小さな子どもがよく食べます。

トム・ルアッド・ムー

豚のモツと凝固した豚の血のスープで、たいていはお米といっしょに食べます。タイの人が朝食に好んで食べるスープのひとつです。

カオ・トム

冷やごはんをたっぷりの野菜の出汁で煮て、好きな具（魚介類、野菜、豚そぼろなど）をのせて食べるお米のスープです。ジョクよりもかなり簡単に作れるので、お米を添えたオムレツ「カオ・カイ・ジェウ」のように、家で作ることが多い料理です。

その他の朝食メニュー

揚げ菓子 [パトンコー]

おもに朝に食べる料理です。たいてい朝しか売られておらず、豆乳 [ナム・タオ・フー] といっしょに食べます。

カオ・ニャオ・ムー・ピン

漬けダレに漬けた豚肉の串焼きでもち米といっしょに食べるカオ・ニャオ・ムー・ピンは、一日じゅういつでも食べられますが、朝食には欠かせません。

タイでは、地域によって独特の朝食があります。たとえば、ラオスの影響力が強く、フランス統治時代の習慣が残っているイーサーン地方では、朝食に豚肉（ハム、豚挽肉、サラミ、ソーセージなど）を添えた目玉焼きとバゲットを食べます。これは「カイ・クラタ」と呼ばれます。「小さな片手鍋で出される卵」という意味です。

飲み物

タイで朝の飲み物といえば、コーヒーかボラン茶です。ホットとアイスのどちらでも飲みます。

オーリアンコーヒー [タマリンドの種を焙煎して抽出した冷たい代用コーヒー] も、タイで昔から飲まれてきました。

昼食

外で働いている人たちの昼休みは正午にはじまります。
タイの人は午後の仕事に戻る前に、短時間で軽い昼食をとります。
大皿料理を取り分けるのではなく、米とおかず、炒めた米料理、
炒めた麺、スープに入った麺のような一皿の料理を
各々が食べる(アハン・ジャン・デュ)のが昼食の特徴です。

クイ・ティアオ
(スープに入った麺)

カオ・パット・ムー
(豚肉の炒飯)

パット・ガパオ・クン
(エビのバジル炒め)

日中の強烈な暑さを避けるため、
冷房の利いたレストランかフード
コートで昼食を食べる場合が多い

夕食

タイでは18時に仕事を終えて、軽食を食べて帰ったり、
友人たちとお酒を飲みながらおつまみを食べたりするのも珍しくありません。
家庭の夕食時間は18〜19時ごろで、栄養バランスが取れた多彩な食事が並びます。
家で作った料理もあれば、仕事帰りにテイクアウトした料理も食卓に出されます。
タイの人々にとって、夕食は家族がそろって会話をしながら食事をともにする、
一日のなかでもっとも大切な時間です。

米を中心にした食事［カップ・カオ］

典型的なタイの夕食では、食卓の中央に最低でも3〜5種類の家族全員分の料理と米が置かれます。このタイプの食事は、「お米といっしょに」を意味する「カップ・カオ」と呼ばれます。食卓を囲む人数が増えれば増えるほど、料理も増えます。辛いものを食べられない小さな子どももいるの

で、料理にはいろいろな種類があります。ただし、スープかカレーと、ナム・プリックと、野菜炒め（肉が入る場合もある）が1種類から数種類はつねに食卓に出されます。日によって、これに魚料理や肉料理やサラダが加わります。

トム・ジュート・タオ・フー・ムー・サップ

直訳すると「豆腐と豚挽肉の風味のないスープ」という意味です。スパイスと唐辛子がまったく入っていないのでこのような名前ではありますが、とくに子どものいる家族の夕食には欠かせない料理です。豚の肉団子と山盛りの絹ごし豆腐とキャベツが入った透き通ったスープで、名前こそ魅力に欠けますが、タイの人が大好きな一品です。

空芯菜の炒め物[パット・パックブン]

ごく短時間で簡単にできる料理です。家族での夕食に欠かせない料理のひとつです。

ナム・プリック・プラ・トゥー

調理が簡単で、魚や生野菜を使った栄養があるスパイシーな料理。夕食に出される場合が多いです。

ゲーン・ソム・パク・ルアム・クン・ソッド

いろいろな種類の野菜とエビをたくさん入れ、タマリンドの果汁で酸味を付けたカレーです。調理が簡単で、夕食のメニューとしてはもっともポピュラーなカレーのひとつです。

ヤム

ヤムやタイ料理のサラダ の食材は、必ずしも生の食材である必要はありません。ヤムは、酢の味に似た酸味・塩味・辛味の混じった特徴的な味を指す言葉です。サラダの具は野菜、まだ青いフルーツ、多種の肉と魚などで、右のイラストのヤムには麺も入っています。春雨サラダ「ヤム・ウン・セン」は、豚挽肉と魚介類か豚肉のハムが入ったとても短い時間で作れるサラダで、夕食に出されることが多いです。

軽食

タイの人は、朝から晩まで外で軽食を食べています。
これはおなかが空いたからというよりも、食べるのが大好きだからという理由であることが多いようです。
だからタイの街角では、朝早くから夜遅くまで塩味のスナックも甘いスナックも買うことができます。
麺を売る屋台でさえも、夜遊びを楽しむ陽気な人々のために深夜零時まで開いています。
タイ人にかかれば、スープに入った麺までもが軽食になってしまうのです！

人気のスナック

タイのどこであっても、いちばん人気のスナックといえばカリーパプ、カノム・クロック、カノム・ブアンでしょう。3つとも塩味バージョンと甘いバージョンがあるのでどんな気分にも合いますし、食べる時間を選びません。

カリーパプ

英語のカレー・パフが訛り、こう呼ばれるようになりました。詰め物が入った揚げ菓子で、カレー風味の鶏肉とポテト、野菜のみの餡、卵、魚、フルーツのコンポートなど、なかの具にはいろいろな種類があります。インドからマレーシアまで、南アジア諸国で食べられています。

カノム・ブアン

小さなクレープ状のスナックで甘いものとしょっぱいものがあります。甘いカノム・ブアンには、メレンゲの上にアヒルの卵の卵黄を砂糖水に落として固めたフォイ・トーンが入っています。塩味のカノム・ブアンには、メレンゲの上にココナッツファインと干しエビが入っています。

カノム・クロック

すり鉢［クロック］に似た形のくぼみがあるフライパンで焼くので「カノム・クロック」と呼ばれています。パリッとした食感の皮のなかに、トウモロコシやみじん切りのネギや緑豆粉入りのココナッツミルクのプリンが入っています。

食前酒の時間！

タイの人は楽しいことが大好きです。仕事のあとは、同僚や友人とわいわい集まり夕食代わりに食前酒を楽しむ特別な時間です！　こういった飲み会がおこなわれるのは、たいてい屋台やバー、レストランです。タイでは食べ物抜きでお酒だけを飲むのはありえないので、お店のジャンルが曖昧なのです！　サラダ、揚げ物、焼いた一口大の肉などの軽食をつまみながら、もっぱらビールを飲みます。

市場

タイは「タラート」と呼ばれる市場の文化がある国です。
国じゅうのどんな小さな街でも市場が立っています。調理していない生鮮食品が買える朝の市場。
食事ができて、料理をテイクアウトできる午後や夕方に開く市場。
さらに、夜遅くに開く「夜市」もあります。夜市では、ちょっとした気晴らしができて、
音楽が楽しめ、買い物はもちろん、食事もできます。
太陽が沈んだあとにぶらぶら歩き回るのが楽しい国、それがタイなのです。

夜市

夜市の雰囲気を見れば、ついつい買い物に出かけて夜の街を楽しみたくなるでしょう。飲み物や食べ物やあらゆる品物（服、おもちゃ、革製品、きれいなアクセサリーなど）を売る屋台に交じって、ミュージシャンがいたり、子ども向けのゲームの店があったりする夜市も珍しくありません。バンコク以外の場所でこうした夜市が開かれるのは、たいてい週に1回か週末だけ。ただし、観光地の都市部では毎晩開いている夜市もあります。

クロン・トゥーイ市場

バンコクにあるタイ最大の生鮮市場です。その面積はなんと約15ヘクタール！　昼も夜も活気があり、売り場は24時間営業です。バンコクにあるレストランや露店はすべて、ここを仕入れの中心にしています。

レストラン

レストランでのいくつかのルール

タイでレストランに行くときには、いくつかの暗黙のルールがあるので気を付けましょう。

・タイの食事はカップ・カオ、つまりお米といっしょに食べます。料理はシェアするため、すべてテーブルの真ん中に置かれます。できた順に出てくるので、頼んだ料理がすべて来るのを待たずに食事をはじめてかまいません。

・いっしょにテーブルを囲む人のなかでもっとも年長の男性か女性が料理を注文します。食べたい料理があれば主張してもかまいませんが、年長者を通さずに直接注文するのはやめましょう。

・職場の人との食事であれば、もっとも社会的な地位が高い人が注文と会計をします。そうした場合には、上司が食事をはじめようと声をかけるか食べはじめるまで待ちましょう。

・タイの人は気配り上手です。いちばんおいしそうなところを、あなたの皿に取り分けてくれてもおどろくことはありません。素直に親切を受け取りましょう。

・友人や同僚と食事をする場合は、上記のルールほど注文の仕方に気を遣わなくてもかまいません。ただし、誰かが会計を持つと言ったときに、自分もお金を出すとしつこく言い張るのは無礼だとされています。

レストランで使う言葉

語尾に、女性なら「カー」、男性なら「カップ」を付けると、
丁寧な表現になります。

すみません
[コー・トー・カー／カップ]
（お店の人を呼ぶ表現）

（店員に対して）お願いします
[ノーン・カー／カップ]
（店員が自分よりも明らかに若い場合）

（店員に対して）お願いします
[ピー・カー／カップ]
（店員が自分と同年代か年上の場合）

英語のメニューはありますか？
[ミー・メーヌー・パーサー・アングリッ・
マイ・カー／カップ]

注文してもいいですか？
[サン・アーハーン・ノイ・カー／カップ]

〇〇が欲しいです
[アウ・〇〇・カー／カップ]

パッ・タイをお願いします
[アウ・パッ・タイ・カー／カップ]

唐辛子を入れないでください
[マイ・サイ・プリック]

ピーナッツを入れないでください
[マイ・サイ・トゥア]

卵を入れないでください
[マイ・サイ・カイ]

〇〇のアレルギーがあります
[ペー・〇〇]

私は菜食主義者です
[キン・ジェー]

お手洗いはどこですか？
[ホン・ナム・ユー・ナイ・カー／カップ]

お会計をお願いできますか？
[チェック・ビン・カー／カップ]

葉で包む料理

タイの人々は何世紀ものあいだ、豊かな自然が与えてくれる多くの資源を利用してきました。竹の利用方法を見ればわかるでしょう。竹は筏や小屋や家具の材料になるだけでなく、米を炊くのにも使えます。さらに若いタケノコはそれ自体を食べることもできます。植物の葉も、豊富に採れる原料のひとつです。何かを包んだり、ある種の料理を調理したりする葉の伝統的な使い方は、現在でも多く用いられています。

パンダンの葉

パンダンの葉（バイ・トゥーイ）からはとてもいい香りがします。デザートの香りづけによく利用されますが、ある種の料理を包むのにも使われています。ガイ・ホー・バイ・トゥーイは、漬けダレに漬けた鶏肉をパンダンの葉で包んでから油で揚げる料理です。

ミヤン・カム

「葉に包まれた一口大の食べ物」という意味の、昔ながらのポピュラーな軽食です。ラオスでも同じ調理法が見られます。タイでは、葉にいろいろな食材（エシャロット、唐辛子、干しエビ、炒ったココナッツファイン、ピーナッツ、ライム、ショウガ）を包み、甘じょっぱいソースを付けて食べます。食べやすいように葉の中心に具が置かれます。昔ながらの方法ではナガバデイゴ（バイ・トン・ラン）の葉が使われますが、現在は一般的にハイゴショウ（バイ・チャプルー）の葉で包む場合が多くなっています。ときには、カイランの葉を使ったミヤン・カムや、蓮の花びらを使った洗練されたバージョンのミヤン・カムも見かけます。

バナナの葉

バナナの葉はやわらかく、熱に強いので、さまざまな用途で使われます。皿の代わりや、食べ物を運ぶ際の包装材代わりになるのです。また、食材を包んで火の上で焼いたり、蒸したり、茹でることさえできます。ほかの植物の葉と違って、食材の風味を損ねる香りがないのも利点です。バナナの葉を使った包み方は多種多様で、たいていはもち米を下に敷いてから、いろいろなものをのせて包みます。

カオ・トム・マット

バナナと黒インゲン豆が入ったココナッツミルク味のもち米で、ポピュラーな軽食です。バナナの葉に包んでから蒸して調理します。タロイモやサツマイモを入れる場合もあります。

カノム・サイ・サイ

古くからある伝統的な軽食。まず、パームシュガーのシロップで煮たココナッツファインを、パンダンで香りを付けたもち米粉の生地で包みます。それをバナナかココヤシの葉で包み、蒸して作ります。

ホーモク

レッドカレー風味の魚のすり身をバナナの葉で包んで蒸したクメール由来の名物料理です。よく見られるのは魚を入れたホーモク・プラー、魚介類を入れたホーモク・タレーです。

アーブ・プラー

カレー味の魚をバナナの葉で包んで焼いたタイ北部の名物。豚肉を使ったアーブ・ムーもあります。

ジャングルフード

タイには「ジャングルの食材」（アハン・パー）と呼ばれる食の伝統が根付いています。
アハン・パーのなかには、狩った肉もあれば、育てられた食材もあります。
イノシシやシカやキジのようなジビエだけでなく、ヨーロッパでは知られていないヘビ、
アゼネズミ、カエル、アリの幼虫、ミミズも食べられています。
カエルやネズミなどの肉は、もっとも貧しく発展の遅れた地域でも簡単に手に入る栄養源です。
一方、アカアリの幼虫のように、非常に貴重で高価なアハン・パーもあります。

**アゼネズミの丸焼きは、タイ東北部
イーサーン地方の高級料理**

ジャングルの食材は、とりわけ田舎で長く続いている古い料理の伝統です。今日でも専門に扱っているレストランがありますし、メニューにはのせていないけれど手に入ったときだけ出す店もあります。いまではあまり食べられていない種類の肉や魚も、鶏肉や豚肉と同じように森でとれる香草と大量の唐辛子を豊富に使って調理します。

アハン・パーの名物料理

アカアリの幼虫のオムレツ
[カイ・ジェウ・サイ・カイ・モッド・デン]

イノシシのパイナップルの芯炒め
[パッ・ムー・パ・ジュク・サッパロー]

キジのホーリーバジル炒め
[クラ・プラオ・ノック・パ]

カエルの炒め物
[パッ・ペッ・ゴップ]

郷土料理

私たちがいま見ているタイは、ほんの最近の姿です。
ここに至るまでの数百年間、タイには多くの王朝が興り、
国境もそのときどきで違っていました。最初の王朝は、
現在のラオスからマレーシアの北部まで南北に長い領土を持っていたスコータイ朝。
スコータイ朝はタイ族による最古の王朝だとされています。
その後、スコータイ朝はアユタヤ朝に吸収され、
その北部にもうひとつの独立したラーンナー朝が出現しました。
現在のタイ東北部のイーサーン地方と現在のラオスは、
数百年間ランサン王国の支配下にありました。
一方、現在のタイのもっとも南の地域は、
シャムとマレーシアのあたりを治めていたパタニ王国の領土でした。
18世紀に最盛期を迎え、シャム王国と呼ばれたタイは、
現在のラオスとカンボジアの地域を含む東南アジアの広い範囲に勢力を広げ、統治していました。
20世紀につくられた現在のタイの様相は、
ヨーロッパ人植民地主義者のファインダー越しに見た姿にすぎないのです。

王朝はすべて姿を消しましたが、国内の地域間、隣国間で共有された料理や文化的な関係は、
現地の人々のなかではいまだに強固に残っています。
それぞれに大きく異なる伝統、気候、地形を持つ4つの地域が、
今日のタイ料理の多様性と豊かさを形づくっているのです。

北部の料理

民族が交錯する場所

多くの民族が住んでいる北部は国境を接しているミャンマーとラオスと歴史的にも繋がりが深く、中国からの移民のよる影響が色濃い地域です。料理にも、ミャンマー、中国、ラオスの特徴が見られます。タイ北部は13〜19世紀末までラーンナー王国と呼ばれていました。とくにスパイスを扱うキャラバンが多く通る重要な交易路の交差点に位置していたことが、この地の料理に恵みをもたらしました。

北部の味

ラーンナ王国の支配地域であった北部は平野と山脈に分けられ、海からは遠く離れています。気候は冷涼なので、ほかの地域に比べると栄養のある食材が豊富です。もっともよく食べられている肉は鶏や牛で、なかでも豚は食卓の花形です！　野菜と周辺の森でとれる香草と同様、ペルシャ商人との交易から得たスパイスは、北部料理に不可欠な要素です。塩味、少しの酸味、香草の香り、土の香りがする

北部料理は、焼いたり燻製にしたりして調理します。辛味と甘味はほかの地域と比べて平均的です。北部に野生のココヤシは生えていないため、ココナッツミルクはほとんど使いません。

人々は、この地で唯一田んぼを作れる山の斜面で米を育てています。ラーンナーは「無数の田んぼ」という意味です。

ジン・ソム・モク

ラオスと国境を接するタイ北部で食べられている酸味のある発酵豚のソーセージです。東北部のイーサーンでは「ネーム・ムー」と呼ばれています。

トゥア・ナオ

タイ北部の特徴的な料理で、ミャンマーのシャン州でも見られる乾燥発酵大豆で作ったせんべいです。焼いてから砕いて具にしたり、料理の味に深みを出したりするために使います。

伝統的な定食——カントーク

カントークは北部の伝統的な定食。定食を出すときに使う盆も同じ名前で呼びます。カントークはもち米と以下の複数の料理から構成されています。

サイ・ウア

カレーとレモングラスとコブミカンの葉の風味のソーセージ。

ラープ・ムアン

生の挽肉と（伝統的には水牛の）内臓を数種類のスパイスで味付けし、血と胆汁で味を引き立たせたサラダ。地域の自慢の料理で、お祝いの席で出されます。火を通した肉を使ったサラダはラープ・クアと呼ばれます。

ナム・プリック（ディップソース）

いちばん有名なのは豚の挽肉と焼いたトマトが入ったナム・プリック・オーンと、焼いた青唐辛子が入ったナム・プリック・ヌムです。

フン・レイのようなカレーまたはスープ

フン・レイは、弱火で蒸し煮にしたスパイシーな豚の胸肉を使った、ミャンマー料理の風味を感じさせるポピュラーなカレーです。

野菜料理

油で揚げたカリカリとした豚の皮ケップ・ムーを添えたフレッシュな香草と生または煮た野菜の料理。

その他のポピュラーな北部料理

カノム・ジーン・ナム・ニャオ

お祝いの席で出される、ラーンナー王国を象徴する歴史ある一品。トマト、味噌、豚の血の塊か凝固した鳥の血、豚か牛の挽肉、キワタ（ドク・ニャオ）の花が入ったミャンマー風の煮込み料理です。発酵させた米から作った麺、カノム・ジーンを添えて出します。

ゲーン・カーヌン（パラミツのカレー）

「ゲーン」はさらさらしたカレー、「カーヌン」はまだ熟れていないフルーツのパラミツを指します。タイ語で「ヌン」は「柱」を意味し、パラミツは縁起のいい食べ物だと考えられているので、結婚式やお祝いの席で出されることが多い名物です。

ジョー・パク・カッド（キャベツのスープ）

北部の食卓には非常に多く登場する名物です。この地域への中国の影響を示しています。キャベツと、タマリンドで風味付けした酸味が強い豚のばら肉のおいしいスープです。

下準備にかかる時間：1時間＋20分
漬けダレに漬け込む時間：少なくとも30分
加熱時間：1時間

材料(4~6人分)

カレーペースト

長い乾燥唐辛子…7個
（炒って、種を取り、水に浸けておく）
塩…小さじ1
レモングラスの茎のやわらかい部分…2本
3cmくらいのガランガル…1片
ショウガ…3cm
3cmくらいのウコン…1片
コリアンダーシード…大さじ1
クミンシード…小さじ2
八角…3個
アンズタケ…5本
シナモンスティック…2cm
サイアム・カルダモンの種(ホールで)…2個分
ニンニク…10片
エシャロット…3個(焼く)
カピ(シュリンプペースト)…小さじ1

その他の材料

豚の胸肉…300g
豚肩ロース肉…300g
ショウガ…125g
ピーナッツ…大さじ3
ラード(もしくは癖のない植物性の油)…大さじ2
ポークブイヨンもしくは水…300ml
パームシュガー…大さじ2
タマリンドピューレ…大さじ3
塩漬けニンニク…125g
ナンプラー…大さじ2

フン・レイ・カレー

フン・レイは、非常に有名な北部名物のカレーです。北部がミャンマーの支配下にあったころに伝わりました。豚の胸肉とショウガとニンニクをタレに漬け込んで作ります。酸味があってスパイスがたくさん入っていますが、辛味は控えめです。

1. レモングラス、ガランガル、ショウガ、ウコンをみじん切りにする。コリアンダーシード、クミンシード、八角、アンズタケ、シナモンスティック、サイアム・カルダモンはそれぞれ炒って、粉状にすりつぶす。カレーペーストの材料をリストの順番どおりにすり鉢に入れ、すりこぎでペースト状にすりつぶす。
2. 豚肉を2cm大に切って、カレーペーストと混ぜる。30分漬け込んでおく。
3. 肉を漬けているあいだに、ショウガを薄切りにして、ピーナッツを油分がなくなるまで炒る。
4. 鋳物鍋か深鍋にラードを入れて、肉のすべての表面が色付くまで中火で数分間焼く。
5. ブイヨンを注ぎ入れて弱火で50分、もしくは豚肉がやわらかくなるまで煮込む。
6. ショウガ、ピーナッツ、パームシュガー、タマリンドピューレ、ニンニク、ナンプラーを加え、さらに10分間煮込む。
7. 味をととのえ、もち米といっしょにその日のうちにいただく。

下準備にかかる時間：45分＋15分
加熱時間：50分~1時間

材料（4人分）

カレーペースト
長い乾燥赤唐辛子…5個
（炒って、種を取り、水に浸けておく）
塩…小さじ1
コリアンダーシード…小さじ1
クミンシード…小さじ½
すりおろしたコブミカンの皮…小さじ1
3~4cmのショウガ…1片
6cmの生ウコン…1片
パクチー…3株
（もしくはパクチーの茎のみじん切り…大さじ2）
エシャロット…2個
ニンニク…3片

その他の材料
生の卵麺…400g
鶏の骨付き肉…4~6本
癖のない油…大さじ3＋200ml
ココナッツミルク…800ml
パームシュガー…大さじ1
淡口醤油…大さじ2
甘口醤油…小さじ1
ナンプラー…大さじ1
生のパクチー（みじん切り）…数本分
エシャロット（みじん切り）…2個分
ライム…½個（4つに切る）
カラシナの漬物[パッカ・ドーン]

カオ・ソーイ

北部を象徴する料理といえばこれ！　というメニューです。ここで紹介しているスープに麺が入っているタイプのカオ・ソーイは、中国から来た雲南人が持ち込みました。ミャンマー風のカオ・ソーイもあります。

1. コリアンダーシード、クミンシードはそれぞれ炒って粉状にすりつぶす。カレーペーストの材料をリストの順番にすり鉢に入れ、すりこぎでペースト状にすりつぶす。
2. フライパンに大さじ1（分量外）の油を広げてよく熱し、鶏肉の皮目側を色付くまで焼く。
3. 大きな鍋に大さじ3の油を入れて中火にかけて温める。少量のココナッツクリーム（ココナッツミルクのペースト状の部分）で溶いたカレーペーストを入れる。水分が飛んで、油と分離しはじめたら、残りのココナッツミルクをすべて加えて混ぜる。
4. 鶏肉とパームシュガーと調味料を加える。30 ～ 40分間煮込む。
5. 200mlの油を小さな鍋に入れて熱し、麺の¼量をほぐして入れる。均一に色付くようにひっくり返し、揚がったら紙の上にあげて油を切る。
6. 残りの麺は鍋に沸かした湯で2 ～ 3分茹でる。茹で上がったら水で洗う。
7. 麺と鶏肉を、4つの大きなボウルに分けて盛る。カレースープをたっぷりかけて、油で揚げた麺、パクチー、エシャロット、ライム、カラシナの漬物をトッピングする。

東北部の料理

イーサーンとラオス、民族の物語

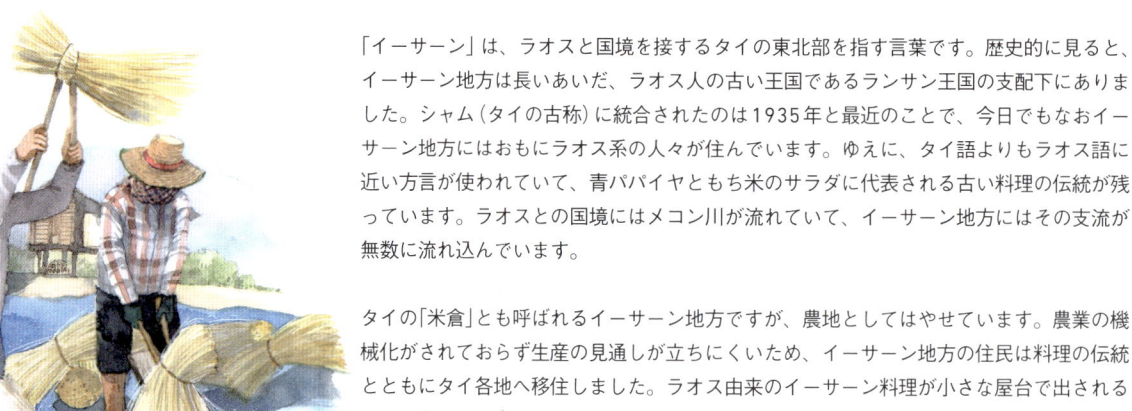

「イーサーン」は、ラオスと国境を接するタイの東北部を指す言葉です。歴史的に見ると、イーサーン地方は長いあいだ、ラオス人の古い王国であるランサン王国の支配下にありました。シャム（タイの古称）に統合されたのは1935年と最近のことで、今日でもなおイーサーン地方にはおもにラオス系の人々が住んでいます。ゆえに、タイ語よりもラオス語に近い方言が使われていて、青パパイヤともち米のサラダに代表される古い料理の伝統が残っています。ラオスとの国境にはメコン川が流れていて、イーサーン地方にはその支流が無数に流れ込んでいます。

タイの「米倉」とも呼ばれるイーサーン地方ですが、農地としてはやせています。農業の機械化がされておらず生産の見通しが立ちにくいため、イーサーン地方の住民は料理の伝統とともにタイ各地へ移住しました。ラオス由来のイーサーン料理が小さな屋台で出されるようになって、全国へ広まったのはそのためです。観光客からも非常に人気のあるイーサーン料理は、タイ料理の名声を高める大きな力になっています。

東北部の味

イーサーン料理は素朴で田舎風で、この地域の住民の大半が畑で働いているため、簡単に調理できるのが特徴です。イーサーンはタイでもっとも料理が辛い地域のひとつでもありますが、この地域でとれないスパイスは使わず、豊富な香草と香辛料を使います。使う食材は周囲の自然から得られるものばかり。ここでは、川魚、育てた動物（豚、鶏、特別なときには牛）、ちょっとした狩猟で得られる動物（カエル、アゼネズミ）だけでなく、昆虫（バッタ、アリ、アリの卵など）も食べます。塩味と酸味が強く、唐辛子を多用するメリハリのある味付けです。発酵させた魚の調味料のプラーラーや、強烈な苦味のある水牛の消化液、ナム・ディーとナム・フィアを使った料理は、より繊細な味覚を持つ都会の人からは癖があると思われています。

イーサーン地方の名物、タケノコ

竹はイーサーン地方の森に、大量に野生の状態で生えています。竹林はさまざまな用途を持つ自然の備蓄です。竹の成木は建築資材と家財道具（敷物、編んだ籠など）の材料になり、生えたばかりのタケノコは食料になります。イーサーン地方の料理はタケノコを使ったメニューがとても豊富です。

タケノコカレー
［ゲーン・ノー・マーイ・バイ・ヤナン］

タケノコサラダ
［スップ・ノー・マーイ］

包んで蒸したタケノコ
［モック・ノー・マーイ］

もち米を保管するための竹籠「クラティップ」

竹は食材の運搬や煮炊きにも使えます。**カオ・ラム**は、砂糖を入れたもち米とココナッツミルクを竹筒に入れて炭の上で調理する甘い軽食。緑豆を入れることもあります。

東北部の伝統的な食事

伝統的な食事は、「クラティップ」と呼ばれる竹で編んだ籠に盛ったもち米と、さまざまな種類の料理から成り立っています。ここでは代表的なイーサーン料理を紹介します。

ソム・タム

辛味と塩味と酸味がとても強い青パパイヤのサラダ。これぞイーサーン料理という逸品です。複数のバリエーションがあり、たとえばアーモンドと干しエビが入ったソム・タム・タイはかなり辛味がマイルドで、ソム・タム・ラオ（ソム・タム・プラーラーとも）は発酵させた魚の調味料プラーラーの味が目立ち、ソム・タム・プーは塩漬けにした淡水域に棲む蟹と魚醬が入っています。

ラープ

常温で出される挽肉と生の香草のサラダ。こちらもイーサーンを象徴する料理です。辛味があると同時に塩味と酸味も利いていて、使う肉は豚、鶏、鴨、牛、さらには魚やキノコを使う場合もあります。炒ったもち米の粉（カオ・クーア）で、食欲を誘う香ばしい風味を付けます。

ナム・トック

味付けはラープに似たサラダですが、こちらは漬けダレに漬けて焼いた薄切りの肉が入っています。ナム・トックは「滝」という意味です。調理中に肉汁が網から滴り落ちるのが滝を思わせるため、この名前が付きました。

ガイ・ヤーン＆ムー・ヤーン

ガイ・ヤーンは漬けダレに漬けてから炭火で焼いた鶏肉、ムー・ヤーンは同じ調理法の豚肉で、タマリンド風味の「ナム・チム・ジェーオ」というソースを添えて出されます。表面は軽くキツネ色になるまで焼かれています。食卓に満足感をもたらす、とてもポピュラーで食べ応えのある料理です。

ゲーン・オム

香草の香りがするカレーで、伝統的なカレーというよりもスープのような見た目です。もとになるカレーペーストは、生の唐辛子、香草、ニンニク、エシャロットから作られるシンプルなもの。そこに、好みの肉(鶏、豚)や魚を入れて、好きな野菜と水を加えます。発酵させた魚の調味料のプラーラーも忘れてはなりません。

発酵させた魚の調味料
プラーラーの発酵に
用いられる甕

チュオ

ナム・プリックに似た唐辛子の利いた料理で、タイ全土で食べられています。なかでももっともポピュラーなのが、トマトを使ったチュオ・マック・レンとナスを使ったチュオ・マック・クアです。生野菜もしくは茹で野菜と油で揚げたカリカリの豚の皮(ケップ・ムー)も、いっしょに食卓にのぼります。

カオ・ジー

残ったごはんを有効活用して作る軽食で、屋台で売られています。もち米に卵を付けて、炭火で焼いた小さなせんべいを串に刺した料理です。外側はカリカリ、内側はもっちりしています！

サイ・クローク・イーサーン

豚肉、もち米、フレッシュな香草を入れた発酵ソーセージのサイ・クローク・イーサーンは、一日じゅう焼いて食べられています。食事の最初に食べることが多いようです。伝統的には、キャベツのようなコリコリとした食感の生野菜と、唐辛子の利いたソースといっしょに出されます。

ソム・タム・タイ

唐辛子の利いた青パパイヤのサラダ「ソム・タム」は、東北部の料理の象徴です。数々のバリエーションがありますが、ソム・タム・タイはそのなかでもいちばん甘く、いちばん人気のあるタイ生まれのソム・タムです。

調理時間：20分

材料（2人分）

干しエビ…大さじ1
青パパイヤ…½個
ササゲ豆…20cm（もしくはインゲン豆…6個）
チェリートマト…8個
タイ唐辛子…1~10個
炒った無塩アーモンド…大さじ2
ニンニク…2片
ナンプラー…大さじ3
ライム果汁…大さじ2
タマリンドの果肉…大さじ1
パームシュガー…大さじ1½

1. 青パパイヤの皮を剥いて千切りにする。パームシュガーを砕いて、トマトを半分に切る。ササゲ豆を2cmの長さで斜め切りにする。
2. すりこぎで大さじ1の干しエビ、ニンニク、唐辛子を力いっぱい砕く。
3. そこにパームシュガー、ナンプラー、ライム果汁、タマリンドの果肉、トマト半量、千切りにしたパパイヤをひとつかみ加える。トマトから果汁が出て砂糖が溶けるように、すりこぎで何度か叩く。
4. 残りのパパイヤとトマト、ササゲ豆、アーモンドを加える。野菜の食感を損なわず、なおかつ味が均一に混ざるように、すりこぎとスプーンを交互に使って1分間混ぜる。
5. 必要なら調味料を足す。酸味が足りなければライム果汁を、塩味が足りなければナンプラーを、甘味が足りなければパームシュガーを加える。

ラープ・ムー

「ラープ」は肉を挽くという意味で、「ムー」は豚肉を指します。どんな肉でも作れますが、豚肉で作るラープ・ムーはとてもポピュラーです。

下準備にかかる時間：10分
加熱時間：5分

材料（4人分）

脂の少ない豚挽肉…600g
炒ったもち米の粉［カオ・クーア］…大さじ4
エシャロット…2個
トン・ホーム…4本
ミント…2束
パクチー…1束
粉唐辛子［プリック・ボン］…大さじ1
ライム果汁…大さじ4
ナンプラー…大さじ4
オオバコエンドロ…1束

1. まずカオ・クーアを作る。乾いたフライパンでもち米を金色になるまで炒り、粉状になるまでミキサーにかける。
2. エシャロットとトン・ホームをみじん切りにする。ミントとパクチーの葉を粗みじん切りにする。
3. 鍋に少量の水を入れ、水面がふつふつとしてきたら豚肉を入れる。挽肉がほぐれるように崩しながら茹でる。
4. 香草以外のすべての材料を肉の入った鍋に加える。
5. 肉を常温まで冷まし、香草を加え、もち米を添えていただく。

中央部の料理

タイ料理の象徴

中央部の料理を語るには、まずシャムのかつての都だったアユタヤに触れなくてはなりません。アユタヤは「東洋のヴェニス」の異名を持つ街でした。いまでは、チャオ・プラヤ川の上につくられたバンコクが、その名を受け継いでいます。バンコクは淡水魚、川エビ、そしてこの街を象徴するストリートフードで有名です。

また、中央部はなによりもパッ・タイ、グリーンカレー、レッドカレー、マッサマンカレー、煎じて作るスープのトム・ヤム・クン、トム・カー・ガイといった世界にタイ料理の名を知らしめた代表的な料理を持つ地域でもあります。中央部の料理のなかには宮廷に由来するメニューもあるため、洗練されていて調理が複雑です。また、この地域の料理は多様でもあります。この地に最初に住み着いたモン族の伝統や、タイ族に負けたクメール族の伝統、中国、ペルシャ、インド、マレーシア、ポルトガル系コミュニティーの移民の波などの歴史によって作られた料理だからです。中央部の料理はまさに歴史のるつぼ。中央部の料理を真に理解するためには、こうした影響をすべてひもとかなくてはなりません！ 地形と、タイでおもに食べられているジャスミンライスの栽培に適した灌漑（かんがい）された平野も、中央部の特徴です。

中央部の味

中央部の料理の肝は、香草（ガランガル、レモングラス、コブミカンの葉、ホーリーバジル、スイートバジル）と味付け（ナンプラー、カピ）にあります。カレーは南部と東北部に比べると辛味が控えめで、パームシュガーとココナッツミルクでまろやかにしてあり、香草が欠かせません。食卓には、肉と魚と魚介類をベースにした料理、前菜として出される野菜料理、サラダ、煎じたスープ、カレー、煮込み料理、焼き料理、中華炒めが豊富に並びます。カービングが施された野菜で美しく飾られた皿は、中央部の料理のレパートリーがいかに豊富であるかを物語っています。

モン族に由来する古い名物料理

モン族はチャオ・プラヤ盆地に最初に住み着いた民族です。タイ中央部の料理には、モン族から受け継いだ古い名物が残っています。

カオ・クルック・カピ

**カノム・ジーン・
ナム・プリック**

**カノム・ジーン・
サオ・ナム**

カオ・クルック・カピは、タイ料理の重要な二大要素、米とカピがそろった料理です。昔ながらの手法で作られるカピ（発酵させたエビのペースト）は、チャオ・プラヤ川流域でもっとも豊富にとれるタンパク質源であるエビの長期保存を可能にしました。米に、アカシアの葉のオムレツ、生野菜、グリーンマンゴー、中国風のソーセージ、蒸し豚、干しエビ、生唐辛子、揚げ唐辛子のトッピングを添えて出されます。

カノム・ジーンは発酵させた米から作る細い麺です。地域ごとに異なるカレーに添えて食べます。中央部には、この麺を使った名物がいくつもあります。

王道なのは、カノム・ジーン・ナム・プリック。甘味・塩味・酸味がそろったどろりとしたココナッツカレーにカノム・ジーンを添えた料理です。カレーペーストには、唐辛子とエビと緑豆と炒ったアーモンドが入っていて、生野菜と天ぷらにした野菜といっしょに出されます。

もうひとつのカノム・ジーンを使ったポピュラーな料理がカノム・ジーン・サオ・ナムです。カノム・ジーンに干しエビの粉、ヤングココナッツの果肉、新ショウガ、薄切りニンニク、パイナップル、魚の団子、固茹で卵、甘いココナッツミルクが添えられています。

Bangkok.

バンコクにおける中国の影響

タイ社会は13世紀以降、中国からの移民の波に強く影響を受けてきました。
中華系移民のなかでも、特に18世紀末から数が非常に増えたのが
潮州(タイ語では[テオチュー])市からの移民です。
20世紀初頭には、バンコクの住民の50%が潮州系の移民でした。

調理の面で見ると、中国から得たものの大きさは計り知れません。調理技術(中華鍋で炒める、油で揚げる、蒸す)や、現在のタイ料理に欠かせない食材(麺、醤油など)は、中国から持ち込まれました。中華風タイ料理は無数にあり、首都バンコクのストリートグルメの大半を占めています。

炒めた麺

パッ・シー・イウ
パッ・キ・マオ

豚肉

豚の蒸し煮[カオ・カー・ムー]
五香粉風味の豚の煮物[ムー・パロ]
ローストポーク[ムー・ダン]
揚げ豚[ムー・クロップ]

スープに入った麺

クイ・ジャップ
クイ・ティアオ・ルア
バ・ミー

軽食

蒸し焼売[カノム・ジブ]
詰め物が入った饅頭[サラパオ]
揚げ菓子[パトンコー]
牡蠣の揚げオムレツ[ホイ・トート]

トム・ヤム・クン

エビのスープであるトム・ヤム・クンは、タイ料理をもっとも象徴する料理のひとつです。レモングラス、コブミカンの葉、ガランガルで香りをつけた、酸味が利いていてかつ非常に辛いスープです。トム・ヤム・クンはタイの各地で食べられていますが、中央部の料理を語るうえで避けて通れない一品です。魚介類や魚が入っている場合もあります。

下準備にかかる時間：20分
加熱時間：30~35分

材料(4人分)

生のエビ(大エビ)… 12匹(殻つき)
レモングラスの茎 … 3本
トマト … 2個
タマネギ … 1個
ヒラタケ … 6個
ガランガルの輪切り … 10個
コブミカンの葉 … 8枚
パクチーの根 … 4本(なくてもよい)＋葉数枚
パームシュガー … 小さじ2
塩 … 小さじ1
油

調味料

ナム・プリック・パオ … 大さじ2杯
生唐辛子 … 1~3個(みじん切り)
ライム果汁 … 1½個分
ナンプラー … 大さじ2
無糖練乳 … 大さじ2(なくてもよい)

1. エビの殻を剥く。殻はブイヨンを作るときに使うので捨てずに取っておく。少量の油にエビの殻を入れてエキスを抽出し、水600mlと塩を加える。弱火で15〜20分煎じる。濾して殻と不純物を取り除く。

2. レモングラスを3等分に切り、包丁の柄を使って茎を軽くつぶす。トマトとタマネギを小さく切り、ヒラタケをほぐす。

3. 大きな鍋にブイヨンを入れて火にかける。レモングラス、ガランガル、コブミカンの葉、パクチーの根、塩と砂糖を加える。水面が少しゆれるくらいの火加減で5分間煮出す。5分たったら、食べない香草を取り出すために濾してもよい。

4. エビ、トマト、タマネギ、ヒラタケを加える。強火で2分間火にかけてから、調味料を加える。

5. パクチーの葉を散らしてできあがり。

ムー・パロ

「ムー・パロ」、別名「カイ・パロ」はバンコクのあちこちで見かけるとてもポピュラーな中華風タイ料理です。まったく唐辛子を使わないため、子ども向けによく出される料理です。

下準備にかかる時間：10分
加熱時間：1時間30分

材料（6人分）

豚の胸肉…600g
木綿豆腐…300g
殻を剥いたかための茹で卵…8個
パームシュガー…60g
ニンニク…4片
黒コショウ…小さじ ½
淡口醤油…大さじ3
甘口醤油…大さじ3
オイスターソース…大さじ1
癖のない油…大さじ2（焼く用）
揚げ油…大さじ2
塩…小さじ1
ニンニクとカラシナの漬物（なくてもよい）

スパイス

クローブ…4本
シナモンスティック…2本
八角…2個
コリアンダーシード…小さじ1
花椒…小さじ ½
パクチーの根…3本
（もしくはパクチーの茎…1束分）

1. 乾いたフライパンに、パクチーの根と花椒以外のスパイスを入れて炒る。炒ったスパイスとパクチーの根を、茶濾し、もしくは目の細かいさらしの袋のなかに入れる。

2. 肉を一口大に切る。パームシュガー、ニンニク、花椒を砕く。

3. 深鍋に焼く用の油を入れて、強火で熱する。肉と塩を入れて、肉のすべての面が色付くまで焼く。

4. 火を弱め、パームシュガーを加えて、カラメル状になるまで溶かす。食材がかぶるくらいの水を入れ、ニンニク、花椒、調味料、袋に入れたスパイスを加える。水面がゆれるくらいの火加減で、蓋をして1時間30分煮る。

5. 煮ているあいだに豆腐の水気を切る。大きな立方体に切って、縁がこんがり色付くまで油で揚げる。紙の上にあげて油を切る。

6. 肉が煮上がる少なくとも30分前に、揚げた豆腐と茹で卵を鍋に加える。1時間30分煮込んだ肉は、とろけるほどやわらかくなっているはず。

7. 白米と、ニンニクとカラシナの漬物を添えていただく。

南部の料理

南部の料理は、海に面した地形と外国との交易に強く影響を受けています。
マレーシアとの国境にあるタイのもっとも南の地域は、
20世紀初頭までパタニ王国という国でした。
パタニ王国には、ペルシャ、インド、ジャワ、ポルトガル、
イギリス、オランダ商人との重要な貿易港がありました。
マレー系、中華系の労働者もいました。ゆえに南部の料理は、
そこに暮らす人々同様、豊かで多様です。

南部の料理はスパイスが利いていて、カレーは
タイでいちばん辛いといわれています。料理に
おもに使われるのは、海産物と南部の各地で豊
富に生えているココナッツのミルク、この地域
でしかとれないグネモンの葉（バイ・リアン）や
ネジレフサマメ（サトー）といった野菜や植物で
す。南部料理では、ウコンとオオバンガジュツ
の根茎もよく使います。伝統的なグリーンカレ
ーと、中央部の「トム・カー」というスープも、
南部のウコンで黄色の色を付けます。また、南
部に多いイスラム教徒のタイ人は、スパイスが
利いたチキンライスの一種であるカオ・モクや、
インド由来の焼いたパンを添えたカレーなど、
独自の名物料理を持っています。中国南部から
来た福建人の子孫は、福建麺（ミー・ホッケン）
のような麺料理を作っています。

南部の味

南部料理は味がはっきりしていて、魚の香りが強いのが特徴です。これは唐辛子と、ナム・ブドゥのような魚を発酵させた調味料を大量に使うためです。有名な魚のカレーであるゲーン・ソムしかり、魚の内臓を使ったゲーン・タイ・プラーしかり、南部の人々はとくに塩味と酸味が大好きです。

ネジレフサマメ [サトー]

強烈な風味を持つことから、「臭い豆」とも呼ばれます。タイ南部で栽培され、よく食べられています。

クン・パット・サトー

ニンニクと唐辛子とカピ（発酵させたエビのペースト）の入ったペーストで炒めたエビとネジレフサマメの料理です。

グネモンの葉 [バイ・リアン]

南部のタイ人の日常に欠かせない複数の料理に入っている食材です。インドネシア料理でも使われます。

バイ・リアン・パッド・カイ

ナンプラーで味付けした卵とグネモンの葉のニンニク炒め。

トム・カティ・パック・リアン

グネモンの葉を入れたココナッツミルクのスープで、エビが入っているものと入っていないものがあります。カピで味を付けています。

現在は本土と橋で繋がっているタイ最大の島、プーケット島は、数世紀のあいだ国際貿易の中心でした。中国とマレーとの出会いから生まれたプーケット島の料理はユニークです。彼らの子孫はプラナカンと呼ばれています。プーケット島は、2015年にアジアではじめてUNESCOの食文化創造都市に認定されました。

プーケット島の名物料理

麺は福建省系移民コミュニティーの名物です。中華炒め、スープに入れる、油で揚げるなど、さまざまな調理法があります。

パット・ミー・ホッケン

小麦と卵でできた太麺を熱々に温めた中華鍋で炒め、醤油とオイスターソースで味付けします。カイラン、豚肉、ときにはエビ、卵が入っていて、どろっとしたソースとともに皿に盛られます。

ムー・ホン

醤油で味を付け、黒コショウ、ニンニク、パクチーの根、八角で香りを付けた甘じょっぱい蒸し豚です。

ミー・フーン・クラデュク・ムー

米から作った細麺をシンプルに醤油で炒め、トン・ホームと揚げたエシャロットをのせて、コショウの利いた豚骨スープをかけます。

ナム・チュブ・ヤム

ディップ料理のナム・プリックはタイ全土で見られますが、プーケット島には独自のナム・プリックのレシピがあります。なかでもポピュラーなのがナム・チュブ・ヤムです。魚と茹でエビにカピと唐辛子を加えたディップで、ライムの酸味が利いています。

オー・エオ

とても細かく削った氷の上に、アイユのゼリー（つる性のイチジクの仲間の種から作るゼリー）をのせて、シロップをかけたプーケット島を象徴するデザートです。たいてい赤インゲン豆が添えられています。

カノム・ジーン・ナム・ヤー

タイ南部、より正確にはクラビとトラン地域の有名な名物料理です。ラーマ2世の名高い18世紀末の詩(うた)にも詠われている古いカレーで、タイでもっともポピュラーなカレーのひとつです。

下準備にかかる時間：20分

加熱時間：30分

材料(4人分)

魚の切り身(タラのような白身魚)…400g

米の細麺…375g

乾燥唐辛子…15個(好みで減らしてもよい)

ガランガルの輪切り…10個

オオバンガジュツの根茎…4個

レモングラス…2本

2cm大の生ウコン…1片

ニンニク…3片

エシャロット…2個

ココナッツミルク…500ml

コブミカンの葉…4枚

カピ…小さじ1

ナンプラー…大さじ3

タマリンドの果肉…大さじ1

パームシュガー…大さじ1

好みで添えるもの

殻を剝いた固茹で卵…4個（半分に切る）	キュウリ
揚げた乾燥唐辛子	ササゲ豆
もやし…200g	カラシナの漬物
キャベツの千切り…¼個分	スイートバジルの葉
	オオバコエンドロの葉

1. 乾燥唐辛子をぬるま湯に浸す。唐辛子の種を一部取り除くことでカレーの辛味を調節できる。

2. 湯を沸かし、米麺を7分間茹でる。水で洗い、小分けにして鳥の巣のように丸めておく。

3. ガランガルの輪切り5個、軽くつぶしたレモングラス1本、一口大に切ったオオバンガジュツの根茎1個を300mlの水に入れてブイヨンを作る。軽く水面がゆれるくらいの火加減で、魚を煮る。ブイヨンを濾す(濾したものは取っておく)。濾したなかから魚を取り出し、細かく砕いておく。

4. ウコン、残りのレモングラス、ガランガル、オオバンガジュツを薄く切る。ニンニクとエシャロットをみじん切りにする。すべての材料をすり鉢に入れて、ペーストを作る。

5. 少量のココナッツミルクで溶いたカレーペーストを鍋に入れて、油で揚げる。それからブイヨン、砕いた魚、ココナッツミルク、その他の材料をすべて加える。

6. トッピング用の卵と揚げた唐辛子と野菜を皿に盛り、食卓の中心に置く。それぞれのボウルに丸めた麺を3～4つ入れて、カレーをたっぷり注いでいただく。

ゲーン・ソム

「酸っぱいカレー」を意味するゲーン・ソムは、タイ南部でもっとも辛くてもっとも愛されている、日常的に食べられる料理のひとつです。魚のスープに似ていますが、タマリンドの酸味と、唐辛子とウコンのカレーペーストの強烈な辛味が感じられます。

下準備にかかる時間：30分
加熱時間：10分

材料（4人分）

カレーペースト

長い乾燥唐辛子…15個
緑か赤のタイ唐辛子（生）…15個
塩…小さじ1
5cm大のウコン…1片
ニンニク…5片
エシャロット…2個
カピ…小さじ1

その他の材料

内臓を抜いてさばいた魚（スズキやタイなど）…1匹
青パパイヤ…200g
タマリンドの果肉…大さじ3
ナンプラー…大さじ3
パームシュガー…小さじ1½
ライム果汁…大さじ1

1. すり鉢とすりこぎを使ってカレーペーストを作る。まず唐辛子と塩をすりつぶし、それからリストの順番どおりに材料を加えていく。
2. パパイヤを薄切りにする。
3. 鍋に700mlの水を入れて軽く沸騰させる。カレーペーストをすべて入れて溶かす。パパイヤ、タマリンドの果肉、ナンプラー、パームシュガーを加えるて5分間煮る。
4. 魚を加え、3～5分煮る。
5. 火からおろしてライム果汁を入れ、ジャスミンライスといっしょに皿に盛る。

その他の名物料理

カオ・ヤム

タイ南部のお米のサラダです。米には、いろいろな種類の生の香草、酸味のあるフルーツ、薄くスライスした生野菜、唐辛子、炒ったココナッツの果肉、細かくつぶした干しエビが添えられています。全体にナム・ブドゥとライム果汁で作ったソースをかけて味を引き立たせます。おもに朝ごはんに食べられている料理です。

クア・クリン

シンプルでとてもポピュラーな挽肉のドライカレー。カレーペーストを作ってから、肉を強火で手早く炒めて作ります。豚肉か牛肉で作られる場合が多いようです。

名物料理

タイ料理は世界でいちばんおいしい料理のひとつという名声を得ています。
しかし、タイ国内でもっともポピュラーな料理はほとんど外国に紹介されず、
国外では知られていません。旅行者はパッ・タイを
タイの国民食だと思っているかもしれませんが、
タイ人の心のなかで1位を占めているのは、間違いなくパット・ガパオです。
パット・ガパオは、舌がひりひりするほど大量の唐辛子が入ったバジル風味の炒め物です。
また、タイの人々はさまざまな形で麺を食べますが、
好んで食べるのはスープに入れた麺の料理です。

この章では、パット・ガパオだけでなく、
古く伝統的な料理でありながら、いまだにタイ全土で日常的に食べられている
香辛料の利いたナム・プリックも紹介します。この章を最後まで読めば、
さらさらとしたカレー、とろみのあるカレー、中華鍋で炒めるカレー、
麺を添えたカレー、お米といっしょに食べるカレー、
焼いたパンと食べるカレーなど、
たくさんの種類のカレーを知ることができるでしょう。

国民食——パット・ガパオ

パット・ガパオはシンプルで、簡単に作ることができて、かつ精がつく料理。
簡単なランチメニューのなかでは、間違いなく現地の人にいちばん人気のメニューでしょう。
パット・ガパオとは「ホーリーバジル風味の炒め物」という意味です。

いちばんポピュラーなのは豚挽肉を使ったパット・ガパオ
ですが、油で揚げた豚肉、鶏肉、牛肉、ピータン、エビ、
海鮮類など、さまざまなタンパク質を使ったバージョンが
あります。タイ観光庁は国をあげて、もっともおいしいパ
ット・ガパオのレシピを決める「2023年ワールド・ガパオ・
タイランド・グランプリ」というコンクールを開催しまし
た。それほど愛されている料理なのです！

パット・ガパオを作るには、まず大量のニンニクと唐辛子
のみじん切りを熱した中華鍋で炒めます。それから好きな
肉類を入れて、醤油とオイスターソースとナンプラーと砂
糖を少し加えます。最後に、この料理に欠かせないホーリ
ーバジル（バイ・ガパオ）を入れます。目玉焼きとジャスミ
ンライスを添えたらできあがりです。

パット・ガパオ・ムー・サップ

ホーリーバジル風味の豚挽肉の炒め物

ホーリーバジル

目玉焼き

ジャスミンライス

豚挽肉

パット・ガパオ・カイ・ガイ・ダーオ

下準備にかかる時間：15分

加熱時間：15分

材料（4人分）

鶏のささみ肉…600g

ササゲ豆…100g（なくてもよい）

タマネギ…1個

プリック・キー・ヌー・スワン…4~10個

ニンニク…8片

卵…4個

オイスターソース…大さじ2

淡口醤油…大さじ2

甘口醤油…大さじ2

ナンプラー…大さじ2

揚げ物用の油…250ml

炒め用の癖のない植物性油…大さじ4

ホーリーバジル…2束

砂糖…小さじ2

白コショウ…小さじ1

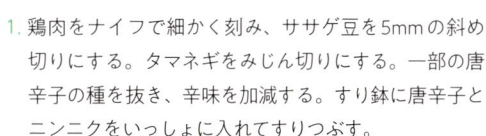

1. 鶏肉をナイフで細かく刻み、ササゲ豆を5mmの斜め切りにする。タマネギをみじん切りにする。一部の唐辛子の種を抜き、辛味を加減する。すり鉢に唐辛子とニンニクをいっしょに入れてすりつぶす。

2. ボウルに調味料、砂糖、大さじ4の水を入れる。

3. 揚げ油を熱し、目玉焼きを作る。このとき、縁が茶色く色付きカリカリになり、白身にきれいな気泡ができるまで焼くこと。キッチンペーパーにあげて油を切る。これがタイ風の目玉焼き（カイ・ダーオ）の作り方。

4. バジルの葉をひとつかみ分、カリカリになるまで油で揚げる。キッチンペーパーにあげて油を切る。

5. 炒め用の植物性の油を中華鍋に入れて中火にかけて温める。すりつぶしておいたニンニクと唐辛子が色付くまで炒める。鶏肉を加え、強火にして火が通るまで炒める。

6. 混ぜておいた調味料、ササゲ豆、タマネギを強火のまま中華鍋に入れる。1分以上炒める。

7. 火を切って、挽いたコショウと生のバジルを加え、しばらく中華鍋をゆする。

8. 鶏肉を盛り付け、揚げたバジルをのせる。目玉焼き、ジャスミンライス、プリック・キー・ヌー・スワンとナンプラーを混ぜたソースを添えてできあがり。

ナム・プリック

ナム・プリックとは？

ナム・プリックは、おそらくタイでもっとも古い料理です。国外ではあまり知られていませんが、タイ人の主食のひとつと言えるでしょう。もともとは、カピと同様、長期保存するために発酵させたタンパク質の付け合わせを米に添えた料理でした。水と唐辛子という名前が示しているように、ナム・プリックは、たいていとても辛いディップの料理です。ですが、すべてのナム・プリックが辛いわけではあり

ません。今日、ナム・プリックには、食感や味が異なる100種類近くのバリエーションがあります。ナム・プリックの調理にはすり鉢を使います。生の食材、茹でた食材、焼いた食材、揚げた食材、発酵させた食材をすべていっしょにすり鉢ですりつぶして、ピューレ状にします。非常に香辛料が利いたナム・プリックは、生野菜や茹でた野菜を添えて米といっしょに味わいます。

ベースとなる材料

従来のナム・プリックには、カピ、ニンニク、エシャロット、唐辛子が入っています。レシピによって、そこに砂糖、ライム、タマリンド、香草、フルーツ、動物性タンパク質などの特殊な材料や調味料を加えるかどうかが変わります。

一般的なナム・プリック

ナム・プリック・カピ

タイ最古のメニューのひとつでありながら、もっとも一般的なナム・プリックです。材料は、香りを出すために焼いたカピ、唐辛子、ニンニク、エシャロット、スズメナスビ。味付けは、ライムと少しのパームシュガーとナンプラー。ナム・プリック・カピによく添えられるのが、揚げサバ（プラー・トゥ）と生野菜です。そのほかのナム・プリックも、ベースはこのナム・プリック・カピと同じです。

ナム・プリック・クン・シアップ

タイ南部の名物料理で、南部ではもっとも一般的なバリエーションのひとつです。材料は、ニンニク、エシャロット、唐辛子、カピ、油で揚げた乾燥小エビです。干しエビのおかげで、カリカリとした食感が味わえます。味付けはパームシュガーとライムとナンプラー。香草と生野菜を添えていただきます。

ナム・プリック・オーン

タイ北部のナム・プリック・オーンは、あまり辛くないタイプの珍しいナム・プリックのひとつです。野菜、カリカリに揚げた豚肉を添えて、もち米といっしょに食べます。

下準備にかかる時間：35分
加熱時間：15分
浸水時間：10分

材料(4人分)
唐辛子ペースト
長い赤乾燥唐辛子…5個
塩…小さじ½
みじん切りにしたレモングラスの茎…1本
（下から10cmのところを使う）
エシャロット…2個
ニンニク…4片
火にかけたトゥア・ナオ…1枚(なくてもよい)
　もしくはカピ…小さじ1
赤と黄色のチェリートマト…15個

その他の材料
ラード(もしくは癖のない植物性油)…大さじ3
刻んだ豚の脊椎…150g
ナンプラー…大さじ2
パームシュガー（もしくはブラウンシュガー）…小さじ½
みじん切りにしたパクチー

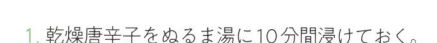

1. 乾燥唐辛子をぬるま湯に10分間浸けておく。
2. すり鉢で唐辛子ペーストを作る。まず水で戻した唐辛子と塩を入れ、リストの順番どおりにペーストの材料を加えながらすりつぶす。
3. 中華鍋にラードを入れて火にかける。唐辛子ペーストを入れて、2分間油で揚げて香りを出す。
4. 豚肉、ナンプラー、砂糖を加え、肉に完全に火が通るまで中華鍋を振りながら炒める。
5. みじん切りにしたパクチーを散らし、もち米とお好みの生野菜といっしょに盛ってできあがり。

ナム・プリック・ロン・ルア

宮廷料理に由来するナム・プリック・ロン・ルアは、おそらくもっとも調理が複雑なナム・プリックのひとつです。というのも、調理に複数の工程を必要とするからです。料理の名前はこの料理が誕生したときの逸話に由来しています。ラーマ5世の妻のひとりが、船での旅行の最中に、急いで船上ピクニックの準備をしなくてはならなくなり、残っていたさまざまな食材を使って料理をしました。こうして船の上で作られた、塩辛く、甘酸っぱいナム・プリックが瞬く間に大人気となり、後世まで残る料理になったのです。

ナム・プリック・カピがベースとなっていますが、ナム・プリック・ロン・ルアには甘い豚肉（ムー・ワン）と、ほぐして油で揚げたナマズ（プラー・ドゥック・フー）が入っています。
それを、米、塩漬けにしたアヒルの卵、ニンニクの漬物、生野菜、香草とともに食べます。

麺の入ったスープ

タイの人は、昼だろうと夜だろうと、小腹が空いたら
いつでも麺の入ったスープを日常的に食べています！

麺の入ったスープは、食堂でも、フードコートでも、レストランでも売られていますし、通りに出ている無数の屋台ではとくに多く見かけます。また米の麺を指す「クイ・ティアオ」という言葉は、口語では一般的に麺の入ったスープを指します。小麦の麺が入ったもの、米の麺が入ったもの、肉や特有の香辛料が入ったものなど、種類はとても豊富です。注文するときは、スープありかスープなしかが選べます。スープなしにしたい場合は、「汁なし麺」[少量のソースが入っていて味がついている]という意味の「ヘーン」と言いましょう。タンパク質や野菜をトッピングしたり、麺なしでスープのみを注文したりすることもできます！

一般的なスープ

クイ・ティアオ・ナム・サイ

豚肉か鶏肉か牛肉の入った麺入りの透明のスープで、パクチーとコショウと揚げたニンニクの香りが利いています。好みに応じて複数の肉を入れて食べます。シンプルな塩味のスープは、ほかのスープ料理のベースに使われています。

クイ・ティアオ・トム・ヤム

タイ人の大好きなスープのひとつ。透き通ったブイヨンは、唐辛子ピューレ（ナム・プリック・パオ）、ライム、砂糖、ナンプラーで味付けされていて、乾燥唐辛子が利いています。細かく砕いたピーナッツと一口大に切った肉と挽肉の盛り合わせ、さらに魚の団子も入っています。

バ・ミー・ヘーン

「バ・ミー」は卵が入った小麦の麺、「ヘーン」はスープを別にして汁なしの状態で提供することを指す言葉です。中国由来の料理で、通常は赤豚のロースト（ムー・ダン）もしくは油で揚げた豚（ムー・クロップ）、青梗菜（パック・クワン・トゥン）と茹でたワンタンか揚げたワンタンをのせて食べます。

クイ・ティアオ・ルア

この料理にはノスタルジックな香りのする長い逸話があります。まだバンコクの交通手段が水路を行き交う船だったころに売られていたので、船を意味する「ルア」という名前が付けられました。その時代に敬意を表し、クイ・ティアオ・ルアは船の形をした皿でサーブされることがあります。特徴的なのは、スープに豚の血が入っていること。そのため、スープはとろみとコクがあり、濃い色をしています。

イエン・タ・フォ

たくさんの料理と並んでいても目立つ鮮やかな赤色のスープです。色の原因は発酵させた大豆。米の麺が入っていて、魚とエビの団子、豆腐、イカか肉、場合によってはルアッド・ムーと呼ばれる凝固した豚の血の塊、空芯菜と揚げワンタンをのせて食べます。

何も言わなければ、麺はスープに入った状態で出てきます。汁なし麺にしたければ、「コー・クイ・ティアオ・ヘーン・カー／カップ」と言いましょう。

米粉の麺

平打ち麺
[クイ・ティアオ・セン・ヤイ]

中細麺
[クイ・ティアオ・セン・レック]

細麺
[クイ・ティアオ・セン・ミー]

小麦麺
[セン・バ・ミー]

米粉のちぢれ麺
[クイ・ジャップ]

緑豆春雨
[ウン・セン]

牛肉[ニュア]
アヒル[ペッ]
豚肉[ムー]
ローストした赤豚[ムー・ダン]
油で揚げた豚[ムー・クロップ]
豚の血[ルアッド・ムー]
内臓[クルーン・ナーイ]
牛肉のミートボール[ルク・シン・ニュア]
豚肉のミートボール[ルク・シン・ムー]
魚の団子[ルク・シン・プラー]
エビ[クーン]
イカ[プラームー]
豆腐[タオフー]

カレー

カレーは間違いなく
タイ料理のアイデンティティの真髄（しんずい）を体現している料理です。
地方ごと、さらには街ごとに
異なる名物カレーがあります。

一般的に、食堂やラン・カオ・ゲーンでは、毎日カレーのメニューを見かけます。ラン・カオ・ゲーンは多種多様な料理とカレーを売っていて、米の入った皿に自分の好きなおかずを盛り付けるタイプの屋台です。一方、祭りやお祝いの席で食べられるカレーもあります。田舎風の素朴なカレーや、ジャングルのカレー（ゲーン・パー）よりも、高価で洗練された食材を使った宮廷料理のカレーは、調理に数日かかり、多くの手間を要します。

カレーと訳される「ゲーン」という言葉は、カレーペースト（プリック・ゲーン）をベースに作られる多くの料理を指します。カレーペーストを作るには、多かれ少なかれ材料を花崗岩製のすり鉢ですりつぶさなくてはなりません。材料は唐辛子にはじまり、スパイス、香草、また旨味と塩味をもたらす発酵調味料も欠かせません。一度ペーストが完成

すれば、さらさらとしたカレー、ココナッツミルクを入れたとろみのあるカレー、肉の中華炒めなど、どんなタイプの料理にもカレーの風味が付けられます。どの料理もいろいろな野菜、肉、魚を加えて、豪華にすることができます。

ゲーン・オム
（さらさらとしたカレー）

ゲーン・ペナン
（ココナッツミルクのカレー）

クア・クリン
（中華鍋で作るドライカレー）

カレーペーストの作り方

1. スパイスと乾燥唐辛子を、水気のない
   フライパンで炒めたあと、ニンニク、
   エシャロット、カピに火を通す。ある
   いは大豆のせんべい（トゥア・ナオ）を
   火で炙る。
2. 花崗岩製のすり鉢で、スパイスをすり
   つぶしておく。

3. すべての香辛料（レモングラス、ガラ
   ンガル、ウコン、オオバンガジュツな
   ど）を切る。

レモングラス

ガランガル

オオバンガジュツ

ウコン

4. すりこぎで材料をすりつぶしていく。
   まず、生または乾燥唐辛子と研磨材代
   わりの塩をすりつぶす。それから、か
   たくて乾燥した材料からやわらかい材
   料へ順にすりつぶしていき、なめらか
   なペースト状にする。次の材料を加え
   る前に、すりつぶしたものがきちんと
   ピューレ状になっているか確認するこ
   と。

チキングリーンカレー

中央部の代表的な料理であるチキングリーンカレー（ケーン・キャオ・ワーン・カイ）は、タイでもっとも一般的な料理のひとつ。タイでは、どの食堂でもどのレストランでも見かけるメニューです。

下準備にかかる時間：1時間
加熱時間：25~28分

材料（4人分）

グリーンカレーペースト
緑色のタイ唐辛子…8~10個
緑色のプリック・チー・ファー
（もしくは長いモロッコ唐辛子）…2個
塩…小さじ2
コブミカンの皮…½個分
コリアンダーシード…小さじ2
クミンシード…小さじ2
白コショウ…小さじ½（粉状にすりつぶす）
レモングラスの茎…3本
（先端から10cmの部分を使う）
2~3cm大のガランガル…1片
パクチーの根…2本
（もしくはパクチーの茎…小さじ2）
ニンニク…6片
大きめのエシャロット…2個
カピ…小さじ1

その他の材料
骨を抜いた鶏もも肉…600g
緑色の丸ナス…8個
スズメナスビ…1つかみ
長い赤唐辛子…1個
ココナッツミルク…800ml
植物性の油…大さじ1
コブミカンの葉…8~10枚
パームシュガー
（もしくはブラウンシュガー）…大さじ2と½
ナンプラー…大さじ3~4
スイートバジル…1束

1. コリアンダーシード、クミンシードは炒って、粉状にすりつぶしておく。リストの順番どおりにカレーペーストの材料をすり鉢に入れ、ペーストを作る。
2. 鶏肉を一口大に切る。ナスは4つに切る。長い赤唐辛子は薄く切る。
3. 大さじ4のカレーペーストと大さじ3のココナッツクリームを、数分間、植物性の油で炒める。油が表面に層を作りペーストと分離してきたら、鶏肉を加える。強火で数分間炒める。
4. 残りのココナッツミルク、コブミカンの葉、パームシュガー、ナンプラー、ナスを加える。ナスに充分火が通るまで12 ~ 15分間加熱する。
5. 最後に赤唐辛子とバジルの葉を加える。
6. お好みで調味料を足し、白米か米の細麺（カノム・ジーン）といっしょにいただく。

鴨肉のレッドカレー

レッドカレー（ゲーン・ペット）はとてもポピュラーなカレーで、入れる肉や野菜によって、数えきれないほどのバリエーションがあります。ゲーン・ペーのペーストは、揚げた魚のコロッケ（トート・マン・プラー）や魚のすり身を包んで蒸したホーモクをはじめとする多くの料理に使われています。

下準備にかかる時間：1時間
加熱時間：25~28分

材料(4人分)

レッドカレーペースト
長い赤乾燥唐辛子…12個
（水で戻して、種を取り、水を切っておく）
塩…小さじ2
コブミカンの皮…½個分
コリアンダーシード…小さじ1
クミンシード…小さじ½
白コショウ…小さじ1（粉状にすりつぶす）
レモングラスの茎…3本
（先端から10cmの部分を使う）
2~3cm大のガランガル…1片
パクチーの根…2本
（もしくはパクチーの茎…大さじ2）
ニンニク…6片
エシャロット…4個
カピ…小さじ1

その他の材料
アジア系の食料品店で売られている合鴨肉…600g
（もしくは鴨の胸肉…2枚）
ココナッツミルク…800ml
パームシュガー…大さじ3
コブミカンの葉…8枚
チェリートマト…12個
一口大に切ったパイナップル…150g
ナンプラー…大さじ3~6
スイートバジルの葉…½束分

1. コリアンダーシード、クミンシードは炒って、粉状にすりつぶしておく。リストの順番どおりにカレーペーストの材料をすり鉢に入れ、ペーストを作る。
2. 合鴨肉の皮にナイフで格子状に筋を入れ、皮目の方を下にして中火で15分間フライパンで焼く。出てきた油をよけて、大さじ2杯分取っておく。肉をひっくり返して、さらに3分間焼く。15分間休ませてから、薄く切る。
3. 大きな鍋か深鍋に、肉から出た油を入れて大さじ3のカレーペースト、大さじ3のココナッツミルクを入れて、数分間、植物性の油で炒める。
4. 油が表面に層を作りペーストと分離してきたら、パームシュガー、残りのココナッツミルク、コブミカンの葉、チェリートマト、一口大に切ったパイナップルを加える。3分間水面が軽くゆれるくらいの火加減で煮る。
5. ナンプラーを少しずつ加える。
6. 必要ならば調味料を足す。カレーにバジルの葉をトッピングして、ジャスミンライスを添えたらできあがり。

チキンマッサマンカレー

マッサマンカレーは、数世紀前から高い評価を受けている料理です。
もとは、お祝いの席でだけ出される料理でした。
ラーマ2世は、料理上手で有名だった妻のシースリエントラー王妃の
マッサマンカレーのおいしさを詩のなかで讃えました。
もともとはイスラム教徒の料理だったため、
タイのイスラム教徒コミュニティーでは非常にポピュラーです。
牛肉を入れる場合もありますし、稀ですが羊の肉で作ることもあります。
たいていはナンが添えられます。

"แกงมัสมั่นไก่"

下準備にかかる時間：1時間30分
加熱時間：1時間

材料(4人分)

マッサマンカレーペースト
長い乾燥唐辛子…12個(種を取って、炒める)
塩…小さじ1
パクチーの根…3本
(もしくはパクチーの茎…大さじ3)
レモングラスの茎…3本
(先端から10cmの部分を使う)
ニンニク…9片
エシャロット…3個
カピ…小さじ1

炒ってすりつぶすドライスパイス
メース…2個
シナモンスティック…1本(10g)
コリアンダーシード…小さじ2
クミンシード…小さじ2
サイアム・カルダモンの実のなかの種
…(ホールカルダモンで)3個分
ナツメグ…½個
白コショウ…小さじ2

その他の材料
骨付き鶏もも肉…2枚
中くらいの大きさのジャガイモ…8個
タマネギ
ココナッツミルク…800 ml
ウコン…小さじ1(なくてもよい)
炒った無塩アーモンド…2つかみ
ゴールデンレーズン…1つかみ
ローリエの葉…4枚
ナンプラー…大さじ2
タマリンド果汁…大さじ2
パームシュガー…大さじ2
小さめのエシャロット…6個
ダイダイ果汁…½個分(なくてもよい)
炒め用の癖のない植物性の油

1. リストの順番どおりにカレーペーストの材料をすり鉢に入れ、ペーストを作る。
2. 鶏もも肉の上部から下腿(ドラムスティック)を取って、その部位を骨に沿って2つに切る。ジャガイモの皮を剝いて、小さな一口大のサイコロ形に切る。タマネギを縦に4等分に切る。
3. よく熱した油で色付くまでジャガイモとタマネギを焼く。
4. 別のフライパンで油をよく熱し、鶏の皮目側が色付くまで焼く。きれいな焼き目を付けるために、ウコンを入れてもいい。
5. 深い鍋かシチュー鍋に大さじ2の油を入れて、中火で温める。大さじ2のカレーペーストを同量のココナッツミルクでのばしたものを強火で手早く炒める。ペーストの水分を飛ばして、油と分離するまで混ぜる。
6. 残りのココナッツミルク、ジャガイモ、鶏肉、アーモンド、レーズン、ローリエの葉、ナンプラー、タマリンドの果汁、パームシュガーを鍋に加える。少なくとも1時間、軽く水面がゆれるくらいの火加減でゆっくりと煮る。
7. エシャロットを丸のまま加えて、とろけるほどやわらかくなるまで10分間煮る。
8. 火からおろしてダイダイの果汁を入れ、ジャスミンライスか焼いたナンを添えていただく。

タイは、空腹や喉の渇きを気にせずに外へ出かけられる国です。
ストリートフードを売る店があちこちにあるのですから！　通りを曲がるたびに、地下鉄の出口にも、
市場にも、寺院の近くにも、学校の周りにも、オフィス街にも、商業施設の外にも中にも、
地下鉄高架線の高架下にも、フードコートにも、ガソリンスタンドにも……。
ストリートフードは人が行き交うあらゆる場所で売られているのです。
通りには、昼間はもちろん、夜でも店が出ています。

ストリートフード

とりわけ「けっして眠らない天使が住む都」の異名を持つ
首都のバンコクでは顕著です。どの屋台にも名物料理があります。
屋台で出される料理の鮮やかさと見事な腕前は、
かの有名なミシュランガイドがいくつかの屋台の料理人に評価を付けているほど！
屋台にすぎないと思っている人々に、
屋台料理人の腕を証明してみせたのです！

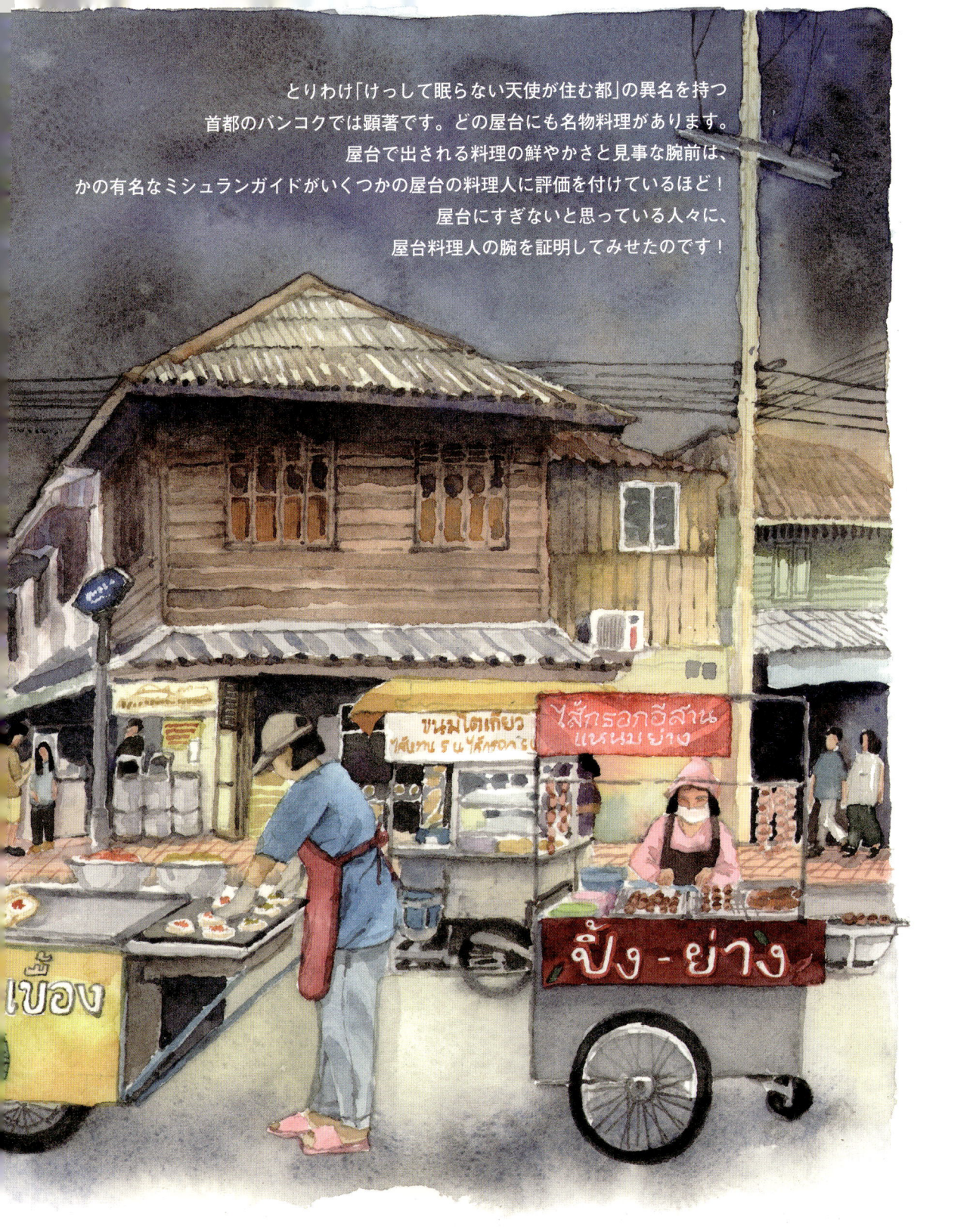

バンコクのストリートフード街

バンコクはまさに青空レストラン！ タイには社会保障制度がほとんどないので、移民やもっとも貧しい人々にとっては、建設業と屋台産業が唯一の生計を得る手段となっていることが多いのです。
1100万人が暮らす巨大都市のバンコクでは、食材を買って自分で調理するよりも、たいてい外食の方が簡単で、安く、おいしいのです。
平均して1ユーロ以下で食事をすることができるのですから。
バンコクでおさえておきたいストリートフード街をいくつか紹介しましょう。

เยาวราช

Y A O W A R A T
C H I N A T O W N
B A N G K O K

チャイナタウン、東河岸

ヤワラート通りが賑やかになりはじめるのは、日が暮れた18時ごろです。露天商や屋台商がワゴンやテーブルを並べはじめ、通りはあっというまにたくさんの地元の人間と観光客でごった返します。ヤワラート通りの名物ストリートフードは、おもに中華料理です。しばしば食事をするための行列ができるほど、この地区はストリートフードで有名なのです！

ヤワラート通りの名物料理

バ・ミー（卵入り麺）
豚肉か北京ダックを添えて出される麺料理で、どの街角でも見かける人気の一品。

ホイ・トート（牡蠣／ムール貝の揚げオムレツ）
中華料理とタイ料理の組み合わせから生まれた名物料理。

チャオ・クワイ
海藻ゼリーと甘いシロップを使ったさわやかなスイーツ。ホットでもアイスでも頼めます。

ラン・ノック（燕の巣）
貴重な珍味。燕が巣を作るために出した唾液からできています。薬効が高いことで有名で、温かい料理と冷たい料理の両方で食べられています。

タラート・プルー、西河岸

タラート・プルーとは、かつてこの地にあった「キンマの葉 [コショウ科のつる植物で、葉は嗜好品として用いられた] の古い市場」を意味し、トンブリー区にあるチャオ・プラヤ川の西河岸の地区を指します。いまや、朝から晩まで電車の振動でゆれる高架下にも、周辺の街路にも、タラート・プルー駅から延びる線路沿いにもキンマの面影はなく、ストリートフード街になりました。古くからのチャイナタウンであるタラート・プルーのローカルでくつろいだ雰囲気は、新しいチャイナタウンとは対照的です。

アリ、活気あふれる新しいチャイナタウン

バンコク北部の高架鉄道アリ駅（BTS）の下に広がるアリ地区は、「流行の最先端の」カフェやレストランと、多種多様な屋台が混在しています。ここで食べられない料理はありません！ アリの新旧入り交じった様相は、高層ビルや高級品を扱う店と屋台商が混在し、近代と伝統がうまく組み合わさっているバンコクの街を象徴しています。

パッ・タイ

外国から見ると、パッ・タイはタイの国民食のように思えます。
ですが、パッ・タイがタイ料理に現れたのはつい最近のことです。
もともとは、プレーク・ピブーンソンクラーム首相
[在任1938〜1944年、1948〜1957年]の料理人が考案したといわれています。
パッ・タイに夢中になったピブーンソンクラーム首相の政策のおかげで、
パッ・タイは国民食の地位を獲得したのです！
完璧に調和の取れた味にたどり着けるかどうかは、
料理人の裁量次第なのです。

パッ・タイの歴史

1930年代のタイは、イギリス領ミャンマーとフランス領インドシナのはざまにあり、強い圧力を受けていました。ヨーロッパ植民地主義の野心を退けるため、当時の首相だったピブーンソンクラームは、雑多な民族の寄せ集めだったシャムの領地に国民の団結意識を目覚めさせ、人々をまとめようと考えました。そこでピブーンソンクラーム首相は、ヨーロッパ諸国が近代化のために用いた方策に着想を得て、愛国主義的な政策を打ち出しました。シャム王国は文字どおりタイ族の土地を示すタイランドに改名され、新しい国歌、統一言語、食卓でのフォークとスプーンの使用など、多方面での改革がおこなわれました。タイ風の炒めた「クイ・ティアオ・パッ・タイ」という国民的な麺料理の活用も、その改革の一環でした。

ピブーンソンクラーム首相はタイ経済を成長させるために、国内の米消費量を減らしてでも、米の輸出量を増やそうと考えました。そこで、「昼ごはんには麺を食べよう！」という標語のもとに、大規模なキャンペーンを開始します。キャンペーンのおかげで、それまではおもに中華系移民が食べていた麺が、だんだんとタイの人々に普及していきました。こうして、パッ・タイのレシピはタイ全土に大規模に広められました。タイ政府は、パッ・タイを売る屋台商の開業を後押しするため、無料で使える屋台まで提供したといいます！　このようにして、タマリンド風味の炒めた麺料理「パッ・タイ」は、タイ料理を象徴する一品になったのです。

下準備にかかる時間：5分

加熱時間：10分

材料(2人分)

米の平たい生麺(セン・レック)…250g
(乾麺でもかまわないが、
その場合は少なくとも1時間冷水に浸けておく)
生のエビ…8尾
タマリンドの果肉…大さじ4
ナンプラー…大さじ4
パームシュガー…大さじ2
ニンニク…5片
ニラもしくはトン・ホーム…4本
木綿豆腐…50g (なくてもよい)
塩漬け発酵干し大根(菜脯)のみじん切り…大さじ2
(なくてもよい)
もやし…2つかみ強
炒った無塩アーモンド…大さじ4
卵…2個
ライム…½個(2つに切る)
乾燥粉唐辛子…小さじ2
癖のない植物性油

1. ボウルに、タマリンドの果肉、ナンプラー、水大さじ3、前もって砕いておいたパームシュガーを入れて、パームシュガーが溶けるまで混ぜる。

2. エビの殻を剥いて、背筋に沿って切り込みを入れて背わたを取り除く。

3. ニンニクをみじん切り、ニラをざく切りにする。豆腐を小さなサイコロ状に切る。ボウルに卵を割って溶きほぐす。

4. 中華鍋に大さじ2の油を入れて強火で熱し、エビの両面を1分間さっと炒める。一度鍋からあげる。

5. エビを炒めた中華鍋に油を大さじ3加え、中火にかけて温める。ニンニクを炒める。ニンニクが色付いてきたら、大根の漬物、豆腐、麺、調味料を加えて、汁気がほとんどなくなるまで強火で振りながら炒める。もやしを加えてさらに1分間強火で炒める。

6. 麺を鍋の片側に寄せ、反対側に卵を入れてスクランブルエッグを作る。

7. ニラを加え、エビを戻し入れて、1分間強火でさっと炒める。

8. 食べる際に、砕いたアーモンドを振りかける。好みに応じて加えられるように、ライムと粉唐辛子を添える。

フードコート

フードコートとは、食べ物や飲み物を売るたくさんのスタンドが集まっていて
飲食ができる広い空間です。タイではどのショッピングセンターにもフードコートがあります。
屋外の屋台より値段は少し高くなりますが、
1ヵ所で豊富な選択肢のなかから選べるのがフードコートの魅力です。
気温の高い屋外から逃れて冷房の利いたところで食事をしたいと考えるタイ人にとっては、
とても便利な場所です。

あらかじめカードに好きな
額を入金し、そのカードを
使って各スタンドで支払い
ができる

なかには、見た目でも味でも非日常を味わえ
るフードコートがあります。「アイコン・サ
イアム」ショッピングモールのフードコート
の内装は、まるで昔の美しい水上市場にいる
かのように感じさせてくれます。

ムー・ピン

漬けダレに漬けて焼いた豚の串焼き「ムー・ピン」は、もっとも人気のあるストリートフードです。1串10バーツほど（約40円）で一日じゅう売られているので、もち米とセットでも、もち米なしで串のみでも、小腹が空いたときに食べることができます。

下準備にかかる時間：20分
漬けダレに漬ける時間：2時間
加熱時間：10分

材料（4人分）

豚肩ロース肉
（脂身の多いほかの部位でもよい）…500g
ニンニク…5片
パクチーの根…4本
（もしくはパクチーの茎のみじん切り…大さじ2）
パームシュガー（もしくはブラウンシュガー）
…大さじ3
ココナッツクリーム…250ml
オイスターソース…大さじ2
甘口醤油…大さじ2
淡口醤油…大さじ2
癖のない植物性の油…大さじ2
挽いた白コショウ…小さじ1

1. 脂身を取らずに豚肉を一口大に切る。脂身が残っていると、焼いたときに肉がやわらかく、おいしくなる。
2. 漬けダレを作る。すり鉢でニンニク、パクチーの根、パームシュガーをつぶす。つぶしたものとその他の材料をすべて混ぜる。
3. マリネ液を肉にかけて、よく混ぜ、少なくとも2時間冷蔵庫で漬けておく。前日に仕込んで、一晩漬けておいてもよい。肉を刺す竹串も、焼いたときに焦げないよう水に浸しておく。
4. 串に豚肉を刺して、数分間炭火で両面を焼く。
5. 完璧な定食にしたければ、もち米、青パパイヤのサラダといっしょにいただく。

アドバイス：炭火が使えないときは、200度のオーブンで10～15分焼くとよい。その場合は、両面が焼けるように、途中で串をひっくり返す。

タイ語で「娯楽」を指し、
冗談や楽しそうな視線や微笑み
という意味もある「サヌーク」という言葉は、
タイ文化を語るうえで不可欠な要素です。
そして、若いころからどんな状況でも
楽しもうとするタイの人たちを表す言葉
でもあります。たとえば、タイの小学校では
おもにゲーム形式で授業をおこないます。
また、サヌークは生真面目さに対する解毒薬でもあり、
ときには人生の苦しみを和らげる手助けとなります。
3〜7日間続く葬儀のときには、死者と遺族に寄り添うために
昼夜を問わずに読経・弔問・音楽を続けます。

お祝い料理

仏教の祭典、王室の行事、民間の祭りが
しょっちゅうおこなわれるタイでは、お祝いの機会が多く、
人々の日常生活に活気を与えています。
新年も3回祝います。
まず、西洋の暦に合わせて1月1日に祝い、
それから旧暦にもとづいた中国式の旧正月を2月の頭に祝い、
最後に「ソンクラーン」と呼ばれるタイ仏教の新年を4月に祝います。
タイの人たちがどのように大切な行事を祝っているかを紹介しましょう！

結婚

タイの結婚式は、綿密な順序に従っておこなわれる大々的な儀式です。

昼の儀式

結婚式は、明け方におこなわれる宗教的な儀式からはじまります。9人の僧が招かれ、祈りを捧げて、新郎新婦となる2人を祝福します。僧たちには食べ物が寄進されます。僧たちが結婚式のあいだに食事をとるのは1回だけです。一般的には9時9分（9という数字の意味については p.106 を参照）に、新郎と新郎親族の行進「カーン・マック」がはじまります。行列が運ぶのは、お盆か金色の鉢にのった幸せをもたらすとされる象徴的な贈り物。花とキンマの葉で作られたこのアレンジメントも、「カーン・マック」といいます。行列は陽気なダンサーと太鼓の音とともに進んでいきます。新郎は、編んだ花や新婦の介添役の女性たちが持った金の

鎖といった象徴的な関門を通り抜けて、新婦の寝室までの道を切り開いていかなくてはなりません。そうした関門を通るたびに、新郎は門番に通行料を払います。通行料は寝室へ近づくにつれて高額になります。タイの結婚式でもっとも盛り上がる無礼講の許される場面です。

新郎がたどり着いた新婦の寝室には、新郎の両親から新婦の両親への「シンソット」と呼ばれる結納金が置いてあります。その後、結納金は披露されます。シンソットは、金、宝石、さらには不動産の登記証書の場合もあります。現在では象徴的に続けられている古いしきたりなので、必ずしも必要なわけではありません。もらったシンソットは、新婚夫婦への結婚祝いとして扱われ、式の費用を払うために使うことが多いようです。その後、両親の前で結婚指輪を交換し、新郎は新しいジュエリーで新婦を着飾らせる権利を得ます。

新郎と新郎親族の行進
カーン・マック

最後に、結婚式でもっとも重要なシーンがやってきます。新郎新婦の結びつきを確固たるものにする儀式です。新郎新婦の頭の上に、「モンコン」と呼ばれる、あらかじめ僧の加護を受けた糸で編んだ冠がかぶせられます。招待客は順に、法螺貝（ほら）を使って聖水を2人の手にかけていきます。最初に聖水をかけるのは、その場でいちばん年上の人。まず新郎新婦が年長者の前でお辞儀をして、代わりに祝福を受けます。式の締めくくりに、新郎新婦は寝室へ連れていかれ、寝室のベッドは、幸福と2人の末永い結婚生活を祈る品々で飾られます。

朝から続いた儀式が終わると、招待客は休憩して私服に着替えるために家へ帰ります。その後、結婚式の食事会がはじまるのです。ふるまわれる料理は地域によって違い、食事会の様相も異なります。ですが、長い見た目から末永い結婚生活を象徴する発酵させた米でできた細麺「カノム・ジーン」は、どの地域でも定番です。添えられるカレーは地域ごとに異なるものの、タイ全土の結婚式で食べられています。通常は白色ですが、お祝いの席では美しい色に染められます。

**結婚式のための
カノム・ジーン**

結婚式の9つのお菓子

なぜ9つなのか？

占星術と数占いは、タイの人の日常生活で重要な位置を占めています。タイでは、死者と魂（フィ）の世界が、生者の世界と隣り合っていると信じられています。あらゆる行為は起こるべくして起こったとされます。死者の魂や神々を怒らせたり、そそっかしい軽率な判断によって不幸を引き寄せたりするのを避けなくてはなりません。ゆえに、結婚式の日取りや大きな祝い事、車のナンバープレートや電話番号を決める際には、縁起のいい数字が選ばれます。

縁起のいいとされる数字は、調和と安定をもたらす3、幸運と富をもたらす7。なかでも9は、長寿と永続性を象徴する数字です。タイ語で9は「カオ」と発音します。幸運の数字3を3倍した数であると同時に、未来への進歩を意味する「前へ向けて踏み出す」という言葉の同音異義語でもあります。

タイの街角では
占星術者をよく見かける

2016年、70年の治世ののちに他界したラーマ9世（プミポン国王）は、タイ人の尊敬を集めていました。ラーマ9世の誕生日が父の日の祝日になるほどでした。彼が第9代の国王だったことも、いちばん縁起のいい王様だとされる理由です！

そのほかの象徴的なお菓子

新郎新婦の前に並べられる贈り物には、雄と雌の魚を使った「カノム・プラー・クー」や結び目形のパン「カノム・コン」のような、夫婦愛を象徴するお菓子が欠かせません。

建物の落成のときは、
僧が数字の9の形を描いて
祝福を授ける

結婚式で出される9つのお菓子には、金を意味する「トーン」という言葉が名前に入っているものがあります。これは金が富と結びついていて、新婚夫婦にもたらされる幸運を象徴しているからです。9つのお菓子は、新郎新婦が一つひとつのお菓子が意味する恩寵をすべて受け取ることができるように、2人の前に置かれたお盆にまとめて並べられます。

トーン・イップ

「あなたが触れたものがすべて黄金に変わる」という意味のお菓子です。小麦粉とアヒルの卵の黄身を、ジャスミンで香りを付けた砂糖のシロップで煮て作ります。五芒星の形をしています。

トーン・ヨート

「金の雫」という意味。雫は空から絶えず滴り落ちてくることから、尽きない富を表しています。新郎新婦が一生富に恵まれますようにという願いがこめられています。味はトーン・イップと同じですが、形が違います。

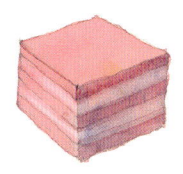

カノム・チャン

9層になった植物性のゼリー状のお菓子です。伝統的にはココナッツミルクとパンダンエキスで香りを付けます。新郎新婦が家庭を築いていく力を示しています。

トーン・エーク

新郎新婦の貞節の象徴です。小麦粉、ココナッツミルク、アヒルの卵の黄身、砂糖を混ぜて作ります。

メッド・カヌーン

夫婦同士の支え合いを象徴するお菓子です。緑豆餡とココナッツのペーストを、アヒルの卵の黄身に何度もくぐらせ、ジャスミンで香りを付けた砂糖のシロップに漬けて作ります。

フォイ・トーン

長い糸状の形をしていることから、新郎新婦の永遠の愛と長寿を象徴しています。アヒルの卵の黄身を、先の細い漏斗を使って香りを付けた甘いシロップのなかに落として作ります。細い棒で麺状になった黄身をすくって、鳥の巣のように丸めます。

ダラ・トーン

宮廷料理由来のお菓子です。名前は「金色の星」という意味。王冠のような形は、仕事面での成功と出世を象徴しています。基本的な作り方はトーン・エークと似ていますが、より手間がかかり複雑です。スイカの種で飾られた王冠の形が特徴的です。

サナイ・チャン

若い新郎新婦の愛情に満ちた人生を表していて、夜を照らす月のように輝くお菓子でもあります。ナツメグの香りがします。

カノム・トゥアイ・フー

育っていく愛情と幸運を願うお菓子です。タイ語で「フー」は「成功」を意味します。ジャスミンで香りを付けた米を蒸して作られる小さなお菓子で、色付けと香りづけに植物のエキス（バタフライピー、パンダンリーフ、ハイビスカス）が使われています。

タイの新年

タイの新年は「ソンクラーン」と呼ばれています。
祝賀行事は旧暦にもとづいていて、4月13日にはじまり3日間続きます。
ソンクラーンは一年でもっとも重要な行事です。
タイの人は通常、家族でソンクラーンを祝うために1週間仕事を休みます。
仏教の宗教行事なので、同じく上座部仏教を信仰するミャンマー、カンボジア、
ラオスといった近隣諸国でもお祝いの行事がおこなわれます。

本来のソンクラーンは、前年の汚れを落として新年を迎えられるように、水で清める宗教的な儀式でした。ソンクラーンでは、まず家と身の回りを掃除してから、寺院（ワット）へ行って僧の祈禱を聞き、功徳を積むために僧にお供えをして、仏像に聖水をかけます。次の日は年長者への敬意を示すために、年長者の手に水をかけます。そしてその代わりに、年長者から新年への祝福を受けます。

ソンクラーンは、家族が集まる機会でもあります。遠くに住む両親のもとへ帰るのを厭う（いと）人は誰もいません。お祝いのあいだ、人々は好みの家庭料理を楽しみます。近所の人や客人にも出せるよう、たいてい料理は大量に用意されます。ジャスミンの花の香りがする冷水をかけた米料理「カオ・チェー」はこの時期に非常に重宝されます。

仏教と家族を尊重した儀式を終えたら、ソンクラーンは楽しいお祭りに変わります！　タイの4月は一年でいちばん暑い時期。現在では、聖水をかける行為は大規模な水かけ祭りになっています。水かけ祭りは街じゅうで3日間続きます。道ゆく人にも車にもバケツで水がかけられ、安全な場所はどこにもありません！

灯籠の祭り——ロイ・クラトン

灯籠のお祭りでもあるロイ・クラトン祭りは、タイのとても重要な祝賀行事のひとつ。
旧暦の12月、現在の暦では10月または11月の満月の夜に開催される、
雨季の終わりを告げる祭りです。お祝いは2～3日続き、パレードもおこなわれます。
タイ北部が起源の祭りですが、由来については諸説あります。
今日では、豊穣をもたらす川の女神、プラ・メー・コンカーに感謝を捧げ、
仏陀を祀る行事になっています。

灯籠祭りでは、バナナの葉を器用に編み、花をのせた浮き舟形の灯籠（クラトン）を流します。灯籠には蝋燭と、仏陀への敬意を表して線香がついています。これに、幸運が訪れることを願って小銭と、自分に降りかかる厄を取り除いてもらうために髪の毛か爪のかけらをのせます。クラトンを水に流す行為には、1年間の恨みの感情を捨てるという意味があります。

「ロイ」は「流す」、「クラトン」は「小舟」や「小さな籠」という意味です。通常、クラトンは蓮の花の形をしていますが、とても大きなストゥーパ（仏塔）の形をしたクラトンもあります。

民間伝承によれば、クラトンを流す風習は13世紀のスコータイ王朝時代にはじまりました。仏陀を祀るこのお祭りで、はじめて蓮の花の形に美しく飾ったクラトンを作ったのは、ルワン王の側室だったナン・ノッパマスだといわれています。以来、ロイ・クラトン祭りでは、ナン・ノッパマスに敬意を表して、美しさを競う競技会がおこなわれています。実際は、12世紀には隣国のクメールに、灯籠を流す祭りがすでに存在していました。インドの女神ガンガーを祝う光のフェスティバル「ディワーリー」との関連を指摘する人もいます。じつのところ、はっきりとした由来はわかっていないのです！

ロイ・クラトン祭りは、恋人たちが祝う祭りでもあります。クラトンをいっしょに川に流したカップルは、来世でもいっしょになれるという言い伝えがあるからです。

カオ・チェー

地方の祭り

プーケットの
ベジタリアン・フェスティバル

ベジタリアン・フェスティバル(テキカン・キン・ジュー)は、もともとプーケット島の中国系コミュニティーのお祭りでした。フェスティバルは旧暦の9月1日 にはじまります。ベジタリアン・フェスティバルは、道教のお祭りであると同時に仏教のお祭りでもあります。お祭りのあいだ、人々は道教の九皇大帝という星の神を讃え、中国で実践されている大乗仏教の八正道 [悟りに至るための8つの修行] を守ります。この八正道に、人の命と動物の命を奪わないことという教えが含まれています。

ベジタリアン・フェスティバルはタイ全土、とくに中国系の子孫が住民の多数を占める大都市に広まっています。現在では、国内で1000万人近い人が参加するほど普及しています。フェスティバルのおこなわれる9日間、参加者はヴィーガンよりも食べるものが厳しく制限されるジェー(p.16参照)を守って、身を清めます。ジェーでは、タマネギやニンニクやその他の香草、またアルコールも禁じられているのです。路面に並ぶ屋台も、この期間は赤と黄色の小さな旗を掲げて、陳列台をいつものメニューからジェー料理に変えます。

プーケットのベジタリアン・フェスティバルで見られる異様な光景

1825年、中国からプーケットに公演に来ていた京劇の劇団員たちが、ひどい病に倒れました。病気を治すために、役者たちは彼らが信じていた道教に救いを求めて九皇大帝に祈りを捧げ、普通ならば仏に仕える僧がするような厳しい菜食主義を実践しました。プーケットの人々は病気から回復した京劇の劇団員を見て驚嘆し、彼らの奇跡的な回復を記念して一年に一度、菜食主義の祭りをおこなうことにしたのです。

道教の教えによれば、旧暦の9月頭の9日間は、九皇大帝が彼らを祀る地上の寺院を訪れる日です。このとき、九皇大帝は人間の体に入り、とてつもない力を人間に授けるとされています。プーケットのベジタリアン・フェスティバルで、体に刃物を刺した人々の異様なショーが観られるのは、この信仰のためです!

チェンマイのランタン祭り

かつてのラーンナー王国の領土で祝われるランタン祭りは、間違いなくタイでもっとも魅力的なお祭りです。ロイ・クラトン祭りと同じ日なので、北部では灯籠とランタンの2種類のお祝いが同時におこなわれます。このため、2つの祭りは混同されがちです。

ラーンナー王国の暦の祝日にのっとっておこなわれるランタン祭り（イー・ペン）は、固有の慣習を持っています。もともとは、イー・ペンも仏陀に敬意を表する祭りでした。コム・ローイと呼ばれる空飛ぶランタンは雨季の終わりと乾季の訪れを告げ、陰から光への移行を象徴しています。伝承によれば、空に向かってランタンを飛ばすと、過去のどんな不運もランタンが持っていってくれるといわれています。人々は3日間、祭りの準備にかかりきりになり、家々や寺の外にも、色とりどりの紙でできた提灯（コム・クウェン）がかけられます。人々は供物を捧げるために寺へ行き、来世に向けて徳を積みます。

最終日の夜、日が暮れると待ち望んでいた瞬間が訪れます。ランタンが空へ放たれると、ほかでは見られない幻想的な光景が広がります。チェンマイの通りも、地面に置かれた無数の蝋燭で飾られます。蝋燭は悟りを象徴していて、光の方へ人々を導く役割を果たしています。

提灯コム・クウェン

スイーツと飲み物

タイの人は食事の締めくくりにデザートを食べませんが、
ときどき生のフルーツやシロップ漬けのフルーツを食べて喉を潤すことがあります。
彼らは日中に甘いものを少量だけ食べるのが好きなようです。
また、お祭りや儀式のために念入りに手の込んだ方法で作られ、
ポルトガル人から受け継いだ技術を
現地でとれる農産物と融合させたスイーツの伝統があります。
ココナッツミルクとパンダンの葉の組み合わせはとくにタイ人が好む風味で、
多くのスイーツに使われています。植物性で果実の香りがする飲み物は、
渇いた喉を潤し小腹を満たすために、日常的に飲まれています。

フルーツ

タイでとれるフルーツがいかに豊富で種類が多いかは、食事の諸段階でわかります。
タイ料理では、塩味の食事にも甘いデザートにも、フルーツを使います。
フルーツを使った料理としては、バナナのフリッターや焼いたバナナ、
青パパイヤのサラダ、パラミツのカレーやココナッツのカレーなど、
デザートとしては、マンゴーやココナッツミルクに入れたもち米などがあげられます。

ドリアン
[トゥリアン]

マンゴスチン
[マンクット]

パパイヤ
[マラコー]

バナナ
[クルワイ]

マンゴー
[マムアン)

パラミツ
[カーヌン]

タマリンド
[マカーム]

サントール
[クラトン]

スイカ
[テンモー]

ザクロ
[タップティム]

パイナップル
[サッパロット]

フトモモ
[チョンプー]

ポメロ
[ソム・オー]

ドラゴンフルーツ
[ケウマンゴン]

ランブータン
[ンゴ]

アメダマノキ
[マヨム]

ココナッツミルクとマンゴー風味のもち米
［カオ・ニャオ・マムアン］

カオ・ニャオ・マムアンは、タイでもっとも愛されているデザートです。タイだけでなく、国外でも有名です。タイには200近い種類のマンゴーがあり、一年じゅう食べることができます。3〜5月の暑い時期は、いちばん香りの良いナム・ドク・マイ種のマンゴーが出回る時期で、もち米の最初の収穫時期でもあります。カオ・ニャオ・マムアン専門の屋台のなかには、夏の時期しか営業しないという店もあります！ 作るのが簡単でありながら、とてもおいしいカオ・ニャオ・マムアンの魅力は、材料の新鮮さにかかっています。

下準備にかかる時間：20分
加熱時間：35分
浸水時間：4時間（もしくは一晩）

材料（4人分）

もち米…250g
ココナッツクリーム…200ml
（もしくは同量のココナッツミルクとココナッツオイル…大さじ1）
完熟マンゴー…2個
白砂糖…100g
皮剥き大豆…25g
塩…1つまみ

ココナッツソース
ココナッツミルク…120ml
米粉（または コーンスターチ）…大さじ1

1. 最低でも4時間、もち米を冷水に浸ける。
2. もち米からでんぷんをできるだけ取り除き、加熱したときに透き通った美しい米粒になるように、何度ももち米を洗う。
3. 均一に火が通るよう、蒸籠のなかに布巾を敷くか、蒸し器の上段にもち米を入れて、しっかりと蓋をし、25分間加熱する。
4. 鍋に砂糖、ココナッツクリーム、塩1つまみを入れる。弱火にかけて温める。
5. 米が蒸し上がったら、ボウルに移し替えて、熱いうちに甘味を付けたココナッツクリームを入れて手早く混ぜる。米粒同士がくっつかずにココナッツクリームを吸うよう、慎重にヘラを使ってさらに混ぜたら、ラップをして20分休ませる。
6. 米を休ませているあいだに、ココナッツソースを用意する。まず、すべての材料を鍋に入れて混ぜ、弱火にかけて沸騰させる。ソースがもったりしてきたら、火からおろして冷ます。
7. 沸いたお湯に大豆を入れて10分間煮てから、ざるにあげる。乾いたフライパンか薄く油を塗ったフライパンを中火にかけ、大豆が金色に色付きカリカリになるまで炒る。
8. 米をもう一度、軽く混ぜる。
9. 1人あたり½個ずつのマンゴーを一口大にカットする。マンゴーと米を皿によそう。6で作ったココナッツソースをかけ、炒った大豆を散らしたらできあがり。

パンダンの葉

タイにおけるパンダンの葉（バイ・トゥーイ）は、
ヨーロッパのお菓子界のバニラに匹敵します。繊細な香りのするこの香草は、
香り米の香りを想起させます。とても多くの料理に使われていて、
ときには塩味の料理に入っていることもありますが、
おもに甘いデザートに用いられます。香りづけだけでなく、麺、お菓子、
米か米粉から作った加工品のような食材を緑に染める色付けにも使われます。

パンダンの葉を使った名物料理

パンダンクリーム
［サンカヤ・バイ・トゥーイ］

パンダン風味マドレーヌ
［カノム・クロック・バイ・トゥーイ］

パンダンジュース
［ナム・バイ・トゥーイ］

パンダンとココナッツのゼリー
［ウーン・カティ・バイ・トゥーイ］

パンダンのクリームとココナッツ
［カノム・ピアク・プーン・バイ・
トゥーイ・ガティ・ソッド］

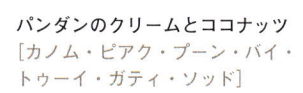

パンダンの葉は編んで、
装飾に使ったり、
家に香りを付けたり、
食卓を飾ったりするのにも
使われます。

パンダンの葉からエキス（ナム・バイ・トゥーイ）を抽出する方法

1. 5 〜 10枚のパンダンの葉を細かく切る。
2. 水といっしょにブレンダーに入れる。水が少なければ少ないほど、エキスは濃くなる。葉がすべてすりつぶされるまでブレンダーにかける。
3. エキスを抽出するために、コットンガーゼか目の細かいざるで濾す。

伝統的な方法

パンダンの葉を細かく切ったあと、花崗岩製のすり鉢に入れて、すりこぎでつぶす。水を少し加えて混ぜてから、濾してエキスを抽出する。

シロップを使ったスイーツ

シロップを使ったスイーツは、体を冷やしてくれるおいしい食べ物です。
組み合わせるのは、フレッシュフルーツとシロップ煮にしたフルーツ、
タピオカ、サゴ[サゴヤシのでんぷんを使った粒]、豆、タロイモ、カラフルなゼリー、甘いもち米など。
好きな材料をボウルに入れて、甘いシロップとココナッツミルクをかけて、
削った氷を山盛りにのせます。タイの人がこういうスイーツを好んで食べるのは、
日が落ちて気温が下がったとき。シロップを使ったスイーツは、
腹ごなしの散歩の途中で食べるのにぴったりのデザートなのです！

特定の材料の組み合わせは有名なデザートとして知られていますが、「仲間同士の寄せ集め」を表す「ルアム・ミット」という名前があるように、何を組み合わせてもかまいません。

このデザートとそれを売る屋台は、「ナム・ケン・サイ」と呼ばれます。ナム・ケン・サイとは、かき氷という意味です。色のついたシロップをかけただけのかき氷もあります。

ルアム・ミット

タピオカと
シロップに漬けたクログワイ
[タプ・ティム・クローブ]

サゴと黒豆
[サークー・トゥア・ダム]

ロート・チョン

パンダンの葉のエキスを練り込んだ米の細麺（ロート・チョン）は、ベトナムからラオスを通じてマレーシアまで、東南アジア全域で見られるデザートです。甘いシロップとココナッツミルクに麺を入れ、かき氷をのせます。「ロート・チョン」は「穴から出す」という意味で、麺を作るのに不可欠なたくさん穴の開いた濾し器も同じ名前で呼ばれます。

下準備にかかる時間：20分
休ませる時間：24時間
加熱時間：1時間

材料（10人分）

パンダンの葉…8枚
酸化カルシウム…50g
米粉…200g
タピオカ粉…大さじ2
パームシュガー…300g
ココナッツクリーム…400ml
コーンスターチ…小さじ1
塊の氷
削った氷

1. 前日のうちに、酸化カルシウムを2Lの水と混ぜ、24時間休ませる。その日のうちに、底の沈殿物を残して1.5Lの水を取っておく。

2. パンダンの葉を細かく切り、1.5Lの水といっしょにブレンダーにかける。固形物が混じらないよう、ブレンダーにかけた水を濾す。エキスを出し切るように、手でパンダンの葉を押す。

3. 三重底の大きな分厚い鍋にパンダンの葉のエキスの出た水と米粉を入れて、混ぜながらとろみが出てくるまで強火にかける。火を中火に弱め、生地が均一になるまで混ぜる。

4. 弱火にして蓋をし、15分ごとに三度混ぜながら45分間加熱する。生地がどろっとしたソース状のかたさになるようにする。

5. 氷の塊と冷水を大きなボウルに入れ、**濾し器**（ロート・チョン）、もしくは目の粗いざるに上から生地を入れる。必要に応じて押しながら、生地を冷水に落としていく。冷たい水に触れて細い麺ができる。ざるで**濾し**て麺を取り出す。

6. パームシュガーのシロップを準備する。まず300mlの水に砂糖を溶かし、冷やしておく。

7. ココナッツソースを準備する。ココナッツクリームとコーンスターチにひとつまみの塩（分量外）を混ぜて、ふつふつと沸くまで火にかける。火からおろして冷ます。

8. 個々の深皿にパンダンの細麺を入れて、1人あたりシロップ大さじ2とココナッツソース大さじ3をかける。上にかき氷をのせる。冷たいうちに召し上　がれ！

宮廷のスイーツ

宮廷料理は、とりわけ外国の調理技術を国内に伝えることで、
タイのスイーツの歴史に大きな影響を与えてきました。
たとえば、タピオカ粉の原料になるキャッサバは、
ポルトガル人が持ち込んでタイ国内で栽培されるようになった農産物です。
もうひとつ、タイの料理界に画期的な転換をもたらしたのが、スイーツに卵を使う方法です。

スイーツの女王、マリア・ギオマール・デ・ピーニャとは何者か？

タイ語ではターオ・トーン・キープマーと呼ばれるマリア・ギオマール・デ・ピーニャは、1664年にアユタヤ王朝の治世下で生まれました。カトリック教徒で亡命日本人の母と、ポルトガルとベンガルと日本にルーツのある父を持ち、ナーラーイ王から爵位を与えられたギリシャ人探検家と結婚しました。マリア・ギオマール・デ・ピーニャは料理の腕を認められて、宮廷で女性シェフとして働いていました。彼女は、特に精製糖とアヒルの卵を使うポルトガル人コミュニティー由来のスイーツを、数多く宮廷に紹介しました。以来、彼女が宮廷に伝えたスイーツは、タイのお菓子界の古典になっています。

たとえば、フォイ・トーンは天使の金髪を表現したポルトガルのお菓子「フィオス・デ・オヴォス」のタイバージョンです。トーン・イップも、外見こそ違いますが「トルーサス・ダス・カルダス」というお菓子のレシピをもとにしています。

宮廷のスイーツには、しばしば香料入り蠟燭（ティアン・オプ）で燻（いぶ）したような匂いと独特の花の香りが付けられています。

カノム・モー・ケンは、ポルトガルの「ティジェラーダ」というお菓子に着想を得たココナッツのしっとりしたケーキです。

フォイ・トーン

ティアン・オプ

カノム・モー・ケン

フルーツカービング

ガーン・ケ・サラック・ポンラ・マーは、タイのフルーツカービングのこと。タイでは芸術の域にまで達しています！　この古い伝統は、スコータイ王朝（13〜15世紀）の宮廷料理から直接受け継いだ遺産です。カービングの技術は、舌だけでなく、料理で目や心も満足させなくてはならない宮廷の食卓を飾るために用いられました。カービングは料理学校では必ず教えられる技で、タイ料理界の宝だと考えられています。カービングの芸術家は、自らの創造性だけでなく、自然と自らを育んだ土地に敬意を表した文化的なアイデンティティも表現することができます。

カービングでは、野菜とフルーツがとても複雑で優美な花模様に彫られます。この模様は宮廷の洗練された様子を象徴しています。

冷たいスイーツ

タイは一年じゅう気温の高い国。だからこそ、
タイの人はあの手この手で涼める方法を探しています。
バンコクの人が好きな涼を感じられることのひとつは、冷房の利いた場所を求めて、
街に数多くあるショッピングセンターをぶらぶらすること。
耐えがたい暑さが支配するタイでは、冷たいスイーツが欠かせません！

ココナッツアイス
［アイティム・ガティ・ソッド］

伝統的なアイス売りは、職人の手によって作られた香り高いココナッツだけを使います。アイス売りは、たいてい小さなベルのついた手押し車を押して街じゅうを歩き回ります。その合図をよく知っている人たちは、ベルの音を心待ちにしているのです！

外国人はアイティム・ガティ・ソッドを見て、アイスがコーンではなく食パンに挟まれていることにおどろくでしょう！　アイスの上には好きなトッピング（代表的なのはトウモロコシ、ローストアーモンド、小豆、シロップ漬けのヤシの実、香草のゼリー、もち米など）をのせて、甘い練乳をかけます。ココナッツの実に、直接ココナッツアイスを入れる方法も有名です。

ココナッツアイスの
サンドイッチ
［アイティム・カノム・パン］

知っていますか？

タイのアイスの歴史は、150年以上遡ります。シンガポールに商館を持っていた高官が、ラーマ4世の治世下でアイスをタイに持ち込みました。しかし、長いあいだアイスを口にできるのは裕福な人々だけでした。タイの初期のアイスは、削った氷の上にパームシュガーのシロップをかけただけのものでした。タイで最初のアイス製造会社ができたのは1905年のことです。今日では、タイはアジアでトップのアイスクリーム輸出国で、国内のアイス市場は海外市場と同様に成長しつづけています。アイスの分野におけるタイ人の発明は、探究心を刺激しつづけています。そして、タイ発祥のロールアイスをはじめ、世界じゅうに輸出されています。

棒状アイスキャンディー
［アイティム・ロート］

筒のなかで甘いシロップや炭酸飲料を凍らせたアイスキャンディーは、大衆的な冷たいスイーツのひとつです。値段はせいぜい5バーツほどで、食べればすぐに体が冷えるスイーツです。アイティム・ロートは、水と氷をたっぷり入れた樽に、金属でできた筒状の型を漬け込んで作ります。樽が右に左にと回ると、独特の音がします。そうして数分間回しつづけると、甘い液体が固まって棒状のアイスキャンディーになるのです。

3Dアイス

タイのアイス界で最新のトレンドは、Pop Icon® 社の3Dアイスです。3Dアイスは、タイの有名な建築物の形を立体的に表現したアイスで、タイ文化を紹介しています。2023年にはじめて売り出された3Dアイスは、ワット・アルン［10バーツ硬貨にも描かれているバンコクの寺院］の装飾に用いられている花柄を模っていました。このアイスが大成功を収めてからというもの、チャイナタウン、アユタヤの史跡、両手を合わせる挨拶「ワイ」までもが3Dアイスになりました。3Dアイスのフレーバーは、タマリンド、タイティー、マンゴー・パッションなどのタイの伝統的な味ばかりです。

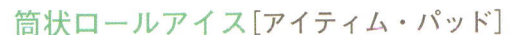

筒状ロールアイス［アイティム・パッド］

タイはショービジネスと娯楽のセンスのある国です。さらに、あふれんばかりの創造性にも恵まれています！　現在、市場でいちばん人気のアイスは、間違いなくアイティム・パッドでしょう。アイティム・パッドを作るには、まず加糖練乳とフルーツを冷えた金属の板の上に広げます。それをすばやく切りながら混ぜて、また板の上にのばして凍らせます。そうして凍ったアイスを、スパチュラを使ってロール状に鉄板から剝がします。そこにソースをかけて、いろいろなトッピングをお好みで加えれば、アイティム・パッドの完成です。

アルコール

賑やかな夜とお祭り気質のおかげで、タイの人はアルコールを多く飲みます。
タイ人は仕事が終わった途端に飲みはじめます。
たいてい辛いスナックをつまみながら、軽い口当たりの金色のビールを好んで飲みますが、
蒸留酒やカクテルの消費量も多いです。

ビール

タイのビール市場は、シンハービール®、リオビール®、チャーンビール®の3種の金色のタイビールで大半が占められています。3社ともラベルのマスコットが動物で、それぞれ神話の獅子、ヒョウ、2頭の象が描かれています。

シンハービール（シンビール）®は、1933年からタイで醸造されている最古のビールです。他の2つに比べると値段が高く、質が高いと評判です。リオビール®はシンハービール®と同じ醸造会社で造られていますが、価格が低いため、ビール市場のシェアの50％以上を占めます。チャーンビール®も、タイ人のあいだで非常にポピュラーなビールです。

知っていますか？

タイでビールを頼むと、氷をいっぱいに入れたバケツといっしょに出てきます！　この氷をグラスにたっぷり入れて飲むのです。これは、気温が高くても、ビールがよく冷えた状態を保てるようにするためでもあります。タイのビールのアルコール度数は5％しかなく、しばしば食事といっしょに飲まれ、体を冷やしてくれる飲み物です。ウェイターはこまめにグラスに氷を足しにきてくれますし、ビールが半分なくなったらお代わりを持ってきてくれます。

蒸留酒

タイではあらゆるタイプの蒸留酒を見かけますが、もっとも一般的なのはタイ産ウイスキーとタイ産ラム酒でしょう。これらは輸入ものの蒸留酒よりも安く、独特の味がします。ウイスキーは糖蜜と米から、ラム酒はサトウキビの精製糖から造られます。アルコール度数は、平均して35％ほどです。

市場を占有しているのは、メコン®とホン・トーン®という2つのウイスキーです。また、センソム®は、語るうえで避けて通れないタイ産のラム酒です。

ウイスキーとラム酒はロックで飲めますが、タイの人は、たいてい炭酸水と氷を入れたグラスに注いで薄めて飲むを好みます。

米から造る酒［ラオ・カーオ］

タイの田舎では、みんな、自分の手で米やもち米を発酵させて酒を造ります。こうして造る飲み物は、米の色から「白い酒」を意味する「ラオ・カーオ」と呼ばれています。アルコール度数は30〜50％で、植物といっしょに煎じることもできます。そうして煎じた酒は、伝統的に薬として用いられてきました。薬としての酒は「薬草を煎じたもの」を意味する「ヤー・ドーン」と呼ばれます。

タイの商標　レッドブル®

コカコーラ®とペプシ®についで世界で3番目に飲まれているソフトドリンクのレッドブル®は、タイで生まれました。このエナジードリンクが生まれたのは1970年代。開発者は製薬会社のセールスマンだったチャリアオ・ユーウィッタヤーで、労働者から庶民まで、人々に力を与えるために作られました。

タイでは、ロゴ2頭の赤い雄牛を示す「クラティン・デーン」という名前で呼ばれています。1980年代、オーストリア人のディートリッヒ・マテシッツが、タイを旅行していた最中にこの飲料を見つけました。マテシッツは開発者のユーウィッタヤーと協力して、クラティン・デーンのレシピに手を加え、ヨーロッパ人の味覚にも受け入れられるように変えました。大きく変わったのは、炭酸飲料になった点です。レッドブル®は主として強壮成分（カフェイン、タウリン、ビタミン）を含んでいますが、砂糖も多く入っています。

レッドブル®は1987年にヨーロッパで売り出されました。タイ市場とは異なり、ターゲットは高級スキー場にいる裕福な人々。それが功を奏して、すぐに世界で成功を収めました。おかげで、共同開発者のユーウィッタヤーは、巨万の富を持つ富豪になりました。現在でも、レッドブル社の株はユーウィッタヤーの一族が51％、オーストリア側が49％を保有しています。

植物由来の飲み物

フルーツジュース

フレッシュミックスジュース
(ナム・ポンラマイ・パン)

国じゅうのいたるところで非常に親しまれている飲み物です。フルーツと野菜(人参、セロリ、ほうれん草)がミックスされたジュースもときどき見かけます。もっとも一般的なのは、マンゴージュース、スイカジュース、パイナップルジュース、ドラゴンフルーツジュース、メロンジュース、ココナッツジュースのミックスジュースです。

プレスフレッシュフルーツジュース
(ナム・ポンラマイ)

こちらもとても広く飲まれています。よく見かけるのはザクロジュースとオレンジジュース。小さな瓶に入れて、街角で売られています。

植物を煎じた飲み物

タイには、フルーツや乾燥させた花や香りのする植物を煎じた飲み物がたくさんあります。どれも喉の渇きを潤してくれて、かつ健康にもいいので人気です。ホットでもアイスでも飲むことができますが、もっともポピュラーなのは、タマリンドの実、ベールフルーツ、バタフライピーの花、菊の花、ハイビスカスの花、レモングラスとパームシュガーなどを煎じた飲み物です。

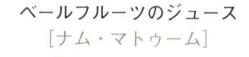

ベールフルーツのジュース
[ナム・マトゥーム]

リュウガンのジュース
[ナム・ラム・ヤイ]

パンダンのジュース
[ナム・バイ・トゥーイ]

ハイビスカスの花茶
[ナム・クラチャップ]

バタフライピーの花茶
[ナム・ドク・アンチャン]

茶とコーヒー

茶(チャー)とコーヒー（カフェー)も、
ホットやアイスのさまざまなバリエーションで楽しまれています。

「ソックス」と呼ばれる
タイのコーヒーフィルター ［タントム］

タイには、ボラン茶とボランコーヒーという飲み物があります。「ボラン」は「古い」という意味です。ボラン茶は、チャトラムー®というブランドの粉状のフレーバーティーから作られていて、他にはない独特な風味がします。
ボランコーヒーは、オーリアンコーヒーのフレーバーの粉状コーヒーから作ります。まず、粉を熱いお湯に混ぜて、「ソックス」と呼ばれるフィルターで粉を濾して注ぎます。そこに加糖練乳と無糖練乳を加えて、ホットで飲んだり、氷をたっぷり入れたグラスに注いでアイスで飲んだりします。数年前から、タイのあちこちに外国製の豆を扱い、都市部の人のみに特別なラテやフラットホワイトやカプチーノを出す、おしゃれな店構えのカフェができはじめています。

アイスコーヒー
［カフェー・イェン］

調理時間：2分

材料(1人分)

ダブルエスプレッソ…1杯
加糖練乳…大さじ 2~4
無糖練乳（エバミルク)…大さじ1
氷

1. コーヒーマシンでダブルエスプレッソを1杯淹れる。
2. 大きなグラスに加糖練乳を入れて、氷をたっぷり入れる。
3. 熱いコーヒーを注ぎ、仕上げに雲のように無糖練乳をのせてできあがり。

カロリーヌ・トリユの謝辞

イラストを描いてくれたMewのプロ意識、才能、このすばらしいプロジェクトへの熱意に心から感謝を捧げます！ 彼女のすばらしいイラストは、タイの生活とタイ料理の光景を、とてもリアルに情感をこめて描いています。2人でこの本を作り上げているうちに、私たちのあいだには深い友情が生まれました。今度は読者の皆さんが、微笑みの国・タイの料理を知る旅を楽しんでくれることを願っています。この本を読んだことが、あたたかな記憶をよみがえらせ、私の心の故郷の宝物を知ろうとするきっかけになれば幸いです。

カンチャノク・インプルンの謝辞

私のイラストを信用してくれたMango社の編集者のオレリーに感謝します。そして文章を書いてくれたカロリーヌ、コミュニケーションを助け、長い執筆作業中に役に立つアドバイスをくれてありがとう。私を応援してくれたカロリーヌの家族も、ありがとうございます。このプロジェクトを成功へ導いてくれたチームメンバーの全員に、感謝を捧げます。私を支えてくれた家族、親族、友人たちにも感謝を。イラストを描いているあいだ私がとてもおいしい料理を楽しんだように、これからこの本を読むであろう読者の皆さんもタイ料理をおいしいと思ってくれるとうれしいです。

知っておきたい！
タイごはんの常識
イラストで見るマナー、文化、レシピ、ちょっといい話まで

2025年2月22日　第1刷

著者	カロリーヌ・トリユ[文]
	カンチャノク・インプルン[絵]
訳者	河野彩
翻訳協力	株式会社リベル
ブックデザイン	川村哲司（atmosphere ltd.）
発行者	成瀬雅人
発行所	株式会社原書房
	〒160-0022
	東京都新宿区新宿1-25-13
	☎03(3354)0685（代表）
	http://www.harashobo.co.jp/
	振替・00150-6-151594
印刷	シナノ印刷株式会社
製本	東京美術紙工協業組合